Nina

FOLIO JUNIOR

Titre original : *The Amazing Story of Adolphus Tips*
Édition originale publiée par HarperCollins Publishers Ltd., Londres

Michael Morpurgo

L'Étonnante Histoire d'Adolphus Tips

Illustrations de Michael Foreman

Traduit de l'anglais
par Diane Ménard

FOLIO JUNIOR/GALLIMARD JEUNESSE

Pour Ann et Jim Simpson qui nous ont emmenés
à Slapton, pour leur famille, et notamment
Atlanta, Harriet, et Effie

REMERCIEMENTS :
Certains détails de ce roman ont été glanés
dans une histoire locale de Slapton intitulée
The Land Changed its Face, de Grace Bradbeer
(Harbour Books, 1984).

Note

Bien que l'évacuation de la région de South Hams dans le Sud du Devon et l'entraînement pour le jour du débarquement aient vraiment eu lieu, ce roman est une fiction. Les références à des personnes existantes ou ayant existé, ainsi qu'à des endroits réels et à des événements historiques, n'ont été utilisées que pour donner à cette fiction un cadre culturel et historique approprié. Tous les autres noms, personnages, endroits, ou incidents décrits dans ce livre sont le produit de l'imagination de l'auteur, et toute ressemblance avec des personnes réelles, mortes ou vivantes, est entièrement fortuite.

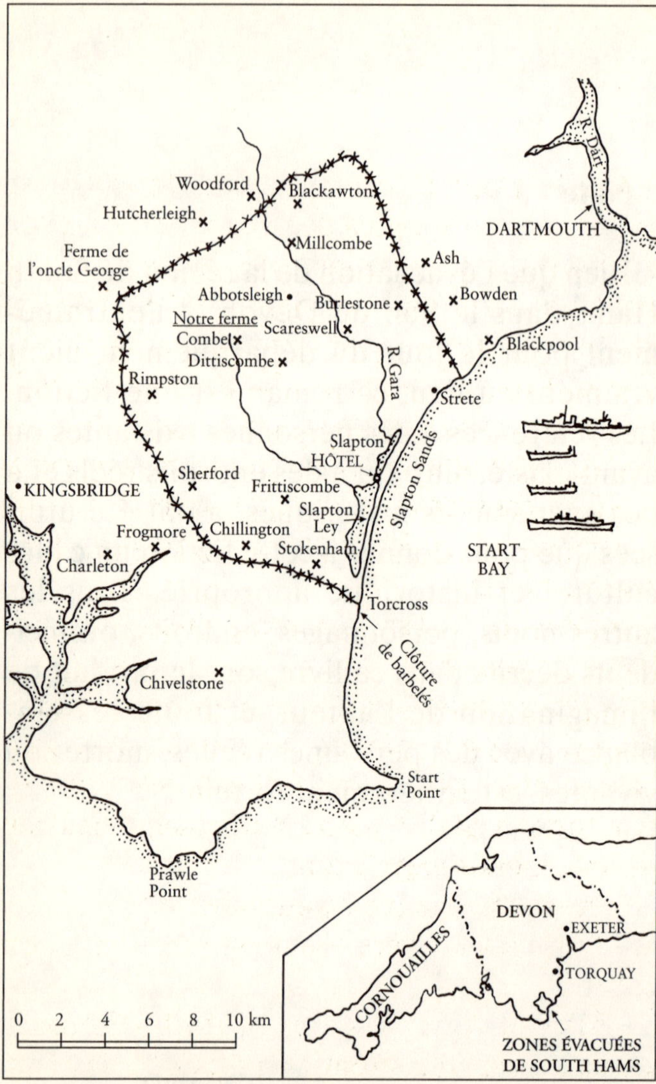

Woodford
Blackawton
Hutcherleigh
Millcombe
Ferme de
l'oncle George
Ash
Abbotsleigh
Burlestone
Bowden
Notre ferme
Combe
Scareswell
Dittiscombe
Blackpool
R. Gara
Rimpston
Strete
Slapton
HÔTEL
Slapton Sands
Sherford
KINGSBRIDGE
Frittiscombe
Slapton
Ley
Frogmore
Chillington
Stokenham
Charleton
START
BAY
Torcross
Clôture
de barbelés
Chivelstone
Start
Point
Prawle
Point
R. Dart
DARTMOUTH
0 2 4 6 8 10 km
DEVON
EXETER
CORNOUAILLES
TORQUAY
ZONES ÉVACUÉES
DE SOUTH HAMS

J'ai lu pour la première fois la lettre de grand-mère il y a plus de dix ans, lorsque j'en avais douze. C'est le genre de lettre qu'on ne peut oublier. Je me souviens de l'avoir lue et relue pour être sûr de l'avoir bien comprise. Bientôt tout le monde à la maison en avait également pris connaissance.

– Alors ça, je suis sidéré, s'exclama mon père.

– Elle est incroyable, dit ma mère.

Grand-mère téléphona un peu plus tard dans la soirée.

– Boowie ? C'est toi, mon chéri ? Grand-mère à l'appareil.

C'est grand-mère qui m'avait surnommé Boowie. Apparemment, Boowie était le premier « mot » qu'elle m'avait entendu prononcer. Mon véritable nom est Michael, mais elle ne m'a jamais appelé ainsi.

– Alors, tu l'as lue ? poursuivit-elle.

– Oui, grand-mère. Tout est vrai dans cette lettre ?

– Bien sûr que c'est vrai, répondit-elle, avec un petit rire qui retentit en un écho lointain.

Tu peux toujours dire que c'est la faute du chat, si tu veux, Boowie. Mais souviens-toi d'une chose, mon chéri : seuls les poissons morts nagent avec le courant, et je ne suis pas encore un poisson mort, loin de là.

Tout était donc vrai. Elle y était vraiment allée, et elle l'avait fait. J'avais envie de hurler, de faire des bonds, de pousser des cris de joie. Mais les autres avaient l'air d'être en état de choc. Toute la journée, les tantes, les oncles, les cousins étaient passés nous voir, et n'avaient pas ménagé leurs hochements de tête, leurs moues sceptiques, ni leurs marmonnements.

– Mais qu'est-ce qu'elle fabrique ?

– Et à son âge !

– Grand-père vient de mourir.

– Il n'a pas encore eu le temps de refroidir !

Et c'était vrai, grand-père n'était mort que depuis quelques mois : cinq mois et deux semaines pour être précis.

Il était tombé des trombes d'eau pendant tout l'enterrement, et la pluie était si forte que parfois on avait du mal à entendre l'orgue. Je me rappelle qu'un bébé s'était mis à pleurer et qu'il avait fallu le sortir de l'église. J'étais assis à côté de grand-mère, au premier rang, juste à côté du cercueil. La main de grand-mère tremblait et, lorsque j'avais levé les yeux vers elle, elle m'avait souri en me serrant le bras pour me faire comprendre que ça allait. Mais je savais que ce n'était pas vrai, et je lui tenais la main. À la fin, nous avions suivi le cercueil dans l'allée centrale, en nous tenant étroitement l'un contre l'autre.

Puis, nous nous étions abrités sous son parapluie, au bord de la tombe, regardant le cercueil qu'on mettait en terre, tandis que les paroles du pasteur étaient emportées par le vent avant même qu'on puisse les entendre. Je me souviens que j'avais fait des efforts pour me sentir triste, mais que je n'y étais pas arrivé, et ce n'était pas parce que je n'aimais pas grand-père. Je l'aimais beaucoup au contraire. Mais il avait eu une sclérose en plaques pendant dix ans ou plus, et je n'étais guère plus âgé. Je n'avais donc jamais eu l'impression de bien le connaître. Lorsque j'étais petit, il s'asseyait près de mon lit pour me lire des histoires. Par la suite, j'avais fait la même chose pour lui. Parfois, il parvenait tout juste à sourire. À la fin, lorsqu'il était vraiment très malade, grand-mère devait presque tout faire pour lui. Elle devait même interpréter ce qu'il essayait de me dire, car je n'arrivais plus à le comprendre. Au cours des dernières vacances que j'avais passées à Slapton, je voyais la souffrance dans son regard. Il ne supportait pas d'être dans cet état, et il ne supportait pas que je le voie ainsi. C'est pourquoi, lorsque j'avais appris sa mort, j'étais triste pour grand-mère, bien sûr – ils étaient mariés depuis plus de quarante ans. Mais, d'une certaine manière, j'étais content que ce soit fini, pour elle comme pour lui.

Après l'enterrement, nous étions allés ensemble jusqu'au pub, où la famille se réunissait, grand-mère serrant toujours ma main. Je préférais ne rien lui dire, de peur de déranger ses pensées. Je l'avais donc laissée tranquille.

Nous marchions sous le pont, vers le pub un peu plus loin, lorsqu'elle parla enfin.

– Il a tout quitté à présent, Boowie, dit-elle, il a aussi quitté son fauteuil roulant. Mon Dieu, comme il le détestait, ce fauteuil roulant ! Il va pouvoir être de nouveau heureux, maintenant. Tu aurais dû le connaître comme je l'ai connu. C'était un sacré bonhomme ! Et doux avec ça, toujours gentil. Il a essayé de rester gentil jusqu'à la fin. Nous avions coutume de rire au début, ah, comme nous pouvions rire ! C'est ce qui a été le pire, d'une certaine manière : il s'est arrêté de rire il y a longtemps déjà, quand il est tombé malade. Voilà pourquoi j'ai toujours été contente que tu sois là, Boowie. Tu me rappelais comment il était lorsqu'il était jeune. Tu étais toujours en train de rire, exactement comme lui autrefois, et cela me faisait du bien. Et ça faisait du bien à grand-père, aussi. Je le sentais.

Il n'était pas dans les habitudes de grand-mère de se confier ainsi. Normalement, avec elle, c'était moi qui parlais. Elle ne disait jamais grand-chose, et se contentait d'écouter. Je m'étais confié à elle toute ma vie. Je ne sais pas pourquoi, mais j'arrivais toujours à lui parler facilement, beaucoup plus facilement qu'à n'importe qui d'autre dans la famille. À la maison, tout le monde était toujours occupé. Chaque fois que je parlais à quelqu'un, j'avais l'impression de déranger. Avec grand-mère, je savais qu'on m'écoutait avec la plus grande attention. Elle avait le don de me faire sentir que j'étais la seule personne au monde qui comptait pour elle.

Aussi loin que je puisse m'en souvenir, j'avais toujours passé mes vacances à Slapton, la plupart du temps, seul. La maisonnette de grand-mère était plus ma maison à l'époque que n'importe quelle autre, car nous avions souvent déménagé – trop souvent à mon goût. Je m'habituais aux choses, je m'installais, je me faisais de nouveaux amis, puis nous changions encore d'endroit. Les étés à Slapton avec ma grand-mère étaient réguliers, je pouvais compter dessus. J'aimais qu'ils se ressemblent, et j'aimais surtout Harley.

Grand-mère m'emmenait en secret sur la moto que grand-père adorait, une vieille Harley-Davidson, qui faisait son orgueil et sa joie. Nous l'appelions Harley. Avant que grand-père ne tombe malade, ils allaient se promener en Harley chaque fois qu'ils le pouvaient, ce qui n'arrivait pas très souvent. Elle m'avait raconté un jour que c'étaient les moments les plus heureux qu'ils avaient passés ensemble. À présent qu'il était trop malade pour l'emmener faire un tour en moto, c'était moi qu'elle emmenait. Nous en parlions à grand-père, bien sûr, et il aimait entendre le récit exact de tous les endroits où nous étions allés, il voulait savoir dans quel champ nous nous étions arrêtés pour piqueniquer et à quelle vitesse nous avions roulé. Je revivais ces moments-là pour lui, et il aimait beaucoup ça. Mais nous n'en parlions jamais à ma famille. C'était notre secret, disait grand-mère, car si quiconque à la maison avait jamais su qu'elle m'emmenait sur Harley, je n'aurais plus jamais été autorisé à revenir à Slapton. Elle avait raison. Je sentais que ni mon père (son propre fils) ni ma mère ne s'entendaient très bien avec grand-mère. Ils pensaient qu'elle était un peu obstinée, excentrique, et même irresponsable. Ils auraient très certainement trouvé que mes promenades en Harley avec elle étaient beaucoup trop dangereuses. Ce n'était pourtant pas le cas. Je ne m'étais jamais senti en danger sur cette moto, quelle que soit la vitesse à laquelle nous roulions. Plus nous allions vite, mieux c'était. Lorsque nous revenions, le souffle coupé par l'excitation, le visage engourdi par le vent, elle disait toujours la même chose : « Grandiose, Boowie ! Tu ne trouves pas que c'était vraiment grandiose ? »

Lorsque nous n'étions pas sur Harley, nous marchions longtemps jusqu'à la plage, où nous faisions voler des cerfs-volants puis, au retour, nous regardions les poules d'eau, les foulques et les hérons de Slapton Ley. Un jour, nous avions vu un butor. « N'est-ce pas grandiose ? » m'avait murmuré grand-mère à l'oreille. « Grandiose » était son mot préféré quand elle parlait de quelque chose qu'elle aimait : de motos, d'oiseaux ou de lavande. La maison sentait toujours la lavande. Grand-mère en adorait le parfum, la couleur. Son savon était toujours à la lavande, et il y en avait un sachet dans chaque armoire, dans chaque commode – pour éloigner les mites, disait-elle.

Mieux que tout, mieux encore que de me cramponner à grand-mère lorsque nous filions sur les routes en Harley, j'aimais ces journées où le vent se déchaînait et où nous marchions à pas lourds et bruyants sur les galets de la plage de Slapton Sands en nous accrochant l'un à l'autre pour ne pas être emportés par la bourrasque. Nous ne partions jamais très longtemps, cependant, à cause de grand-père. Il était content qu'on le laisse seul un moment, mais seulement s'il y avait une émission de sport à la télévision. Nous allions donc faire un tour à moto ou une promenade à pied, lorsqu'il y avait un match de cricket ou de rugby. Il préférait le rugby. Il avait été un bon joueur quand il était plus jeune, très bon même, disait grand-mère avec fierté. Il avait joué dans l'équipe du Devon de temps en temps – c'est-à-dire chaque fois qu'il pouvait s'éloigner de la ferme.

Grand-mère m'avait un peu parlé de tout le travail qu'ils avaient eu à la ferme avant ma naissance – elle m'avait même emmené là-bas pour me la montrer. Je savais donc qu'ils devaient traire un troupeau de soixante vaches du Devon, et que grand-père avait travaillé aussi longtemps qu'il avait pu. À la fin, alors que la maladie prenait le dessus et qu'il ne lui était plus possible de se lever ni de descendre de sa chambre, ils avaient dû vendre la ferme et les animaux, puis déménager dans la maisonnette du village de Slapton. La plupart du temps, cependant, elle me parlait de moi, me posait des questions, elle voulait vraiment savoir. C'était peut-être parce que j'étais son seul petit-fils. Elle ne semblait jamais me juger non plus. Je lui racontais donc tout sur ma vie à la maison, sur mes amis, sur mes soucis. Elle ne me donnait jamais de conseil, et se contentait d'écouter.

Un jour, je m'en souviens, elle m'avait dit que chaque fois que je venais chez elle, elle se sentait rajeunir. « Plus je vieillis, disait-elle, plus j'ai envie d'être jeune. C'est pourquoi j'aime tant rouler en Harley. Et quoi qu'il arrive, je continuerai à être jeune jusqu'à ce que je m'écroule. »

Je comprenais assez bien ce qu'elle entendait par « quoi qu'il arrive ». Chaque fois que j'étais allé la voir ces deux dernières années avant la mort de grand-père, j'avais trouvé qu'elle avait les cheveux de plus en plus gris, qu'elle paraissait de plus en plus lasse. J'entendais souvent mon père la supplier de mettre grand-père dans une maison de santé, parce qu'elle ne pouvait plus continuer à s'occuper de lui toute seule. Parfois, son insistance semblait relever davantage du harcèlement, et j'aurais bien aimé qu'il arrête. De toute façon, grand-mère ne voulait rien savoir. Elle avait désormais une infirmière qui venait tous les jours donner son bain à grand-père, mais grand-mère devait faire tout le reste elle-même, et elle commençait à être épuisée. La plupart du temps, je devais aller me promener sans elle sur la plage. Nous ne sortions plus du tout sur Harley. Elle ne pouvait plus laisser grand-père seul, ne serait-ce que pendant dix minutes, sans qu'il s'agite, et sans qu'elle-même s'inquiète pour lui. Mais lorsque grand-père était couché, ou bien nous jouions au Scrabble, et parfois elle me laissait gagner, ou nous parlions jusque tard dans la nuit – plus exactement, c'était moi qui parlais, et elle qui écoutait. Au cours des années, je pense que j'ai raconté toute mon enfance, toute ma vie à grand-mère, à commencer par le premier mot que j'ai su prononcer.

Mais à présent, après l'enterrement de grand-père, tandis que nous marchions l'un à côté de l'autre sur la route qui menait au pub, suivis par le reste du cortège, ce fut à son tour de parler, et elle me parlait d'elle-même, sans s'arrêter, comme elle ne l'avait jamais fait auparavant. Tout à coup, c'était moi qui l'écoutais.

Une foule de parents et d'amis s'étaient réunis dans le pub après l'enterrement, et bien entendu tout le monde voulait s'entretenir avec grand-mère, nous n'avions donc plus eu l'occasion de reprendre notre conversation en tête à tête. Je me chargeai de servir le thé, le café, et les plateaux de quiches ou de gâteaux. Après être rentrés à la maison, ce soir-là, grand-mère me serra contre elle plus fort que d'habitude, puis me caressa la joue, comme elle l'avait toujours fait en me souhaitant bonne nuit avant d'éteindre la lumière. Elle ne pleurait pas, pas tout à fait. Elle me murmura quelque chose en me tenant contre elle : « Ne t'inquiète pas pour moi, Boowie, mon chéri. Il y a des moments où ça fait du bien d'être seule. J'irai me promener sur Harley, elle m'aidera à me sentir mieux. Tout ira bien pour moi. » Nous partîmes donc en voiture en la laissant dans le silence de sa maison vide.

Quelques semaines plus tard, elle vint nous voir pour Noël, mais elle semblait très lointaine, comme si elle était perdue dans ses pensées. Elle était là sans être vraiment là. Je pensai qu'elle devait toujours avoir du chagrin, et je savais que c'était quelque chose de personnel. Je la laissai donc tranquille, et nous ne parlions pas beaucoup. Pourtant, curieusement, elle ne semblait pas triste. Elle paraissait sereine, très calme, tranquille, un sourire rêveur sur le visage, comme si elle était plutôt heureuse d'être là, tant qu'elle ne devait pas participer de trop près à la conversation. Je la trouvai souvent assise, le regard perdu, se souvenant peut-être d'un Noël avec grand-père, pensai-je, ou d'un Noël à la ferme, quand elle était petite.

Le jour de Noël, après le déjeuner, elle déclara qu'elle voulait aller se promener. Nous partîmes donc vers le parc, seuls tous les deux. Nous étions assis à regarder les canards dans le bassin, lorsqu'elle me l'annonça :

– Je m'en vais, Boowie, dit-elle. Ce sera pour la nouvelle année, juste quelque temps.

– Et où iras-tu ? lui demandai-je.

– Je te le dirai quand j'y serai, répondit-elle. C'est promis. Je t'enverrai une lettre.

J'eus beau la harceler, elle ne voulut pas m'en révéler davantage. Deux jours plus tard, nous l'accompagnâmes à la gare, et j'agitai la main pour lui dire au revoir tandis que le train s'éloignait. Puis ce fut le silence. Pas de lettre, pas de carte postale, pas de coup de téléphone. Une semaine passa. Puis une quinzaine de jours. Personne d'autre ne semblait très inquiet à son sujet, mais moi je l'étais. Nous savions tous qu'elle était partie en voyage, elle n'en avait pas fait mystère, bien qu'elle n'eût jamais dit à personne où elle allait. Mais elle avait promis de m'écrire et rien n'était venu. Grand-mère tenait toujours ses promesses. Toujours. Quelque chose n'allait pas, j'en étais sûr.

Puis, un samedi matin, je pris le courrier sur le paillasson. Il y avait quelque chose pour moi. Je reconnus aussitôt son écriture. L'enveloppe était très lourde. Tout le monde se mit à lire ses lettres, mais moi je voulais être seul pour ouvrir l'enveloppe de grand-mère. Je montai donc quatre à quatre l'escalier qui menait à ma chambre, m'assis sur mon lit, et la décachetai. J'en sortis ce qui ressemblait plus à un manuscrit qu'à une lettre. Il y avait au moins trente à quarante pages tapées serré. Sur la couverture, la photographie en noir et blanc (plutôt marron que blanc) d'une petite fille qui me ressemblait beaucoup était fixée avec du papier collant. Elle souriait de toutes ses dents devant l'objectif de l'appareil photo, et berçait dans ses bras un grand chat noir et blanc. Il y avait un titre : *L'Étonnante Histoire d'Adolphus Tips,* avec son nom au-dessous : Lily Tregenza. Une lettre était attachée au manuscrit par un grand trombone multicolore.

Mon très cher Boowie,

C'est le seul moyen que j'aie trouvé pour t'expliquer convenablement pourquoi j'ai fait ce que j'ai fait. J'ai déjà dû te parler de certaines choses au cours des années, mais maintenant, je veux que tu connaisses toute l'histoire. Certains penseront que je suis folle, peut-être même la plupart des gens – ça m'est égal. Mais toi, tu ne penseras pas que je suis folle, une fois que tu auras lu ces lignes. Tu comprendras. Je le sais. C'est pourquoi je tenais absolument à ce que tu sois le premier à lire ce que j'ai écrit. Ensuite, tu pourras le montrer à qui tu voudras. Je téléphonerai bientôt... quand tu te seras remis de ta surprise.

Lorsque j'avais à peu près ton âge – à propos, c'est moi sur la couverture, avec Tips – je tenais mon journal. J'étais enfant unique, et c'était une façon de me parler à moi-même. Ça me tenait compagnie, presque autant qu'un ami. Tu trouveras donc là l'histoire de ma vie telle qu'elle s'est passée à partir de l'automne 1943, pendant la Seconde Guerre mondiale, quand je grandissais dans la ferme familiale. Je vais être honnête avec toi, j'ai fait beaucoup de modifications. J'ai coupé des passages ici et là, car certains étaient trop intimes, trop ennuyeux ou trop longs. Parfois, j'écrivais des pages et des pages pour ne rien dire, simplement pour me parler.

La surprise arrive tout à la fin. Alors, ne triche pas, Boowie. Ne regarde pas la fin d'abord. Que ce soit une surprise pour toi, comme cela le reste pour moi.

Je t'embrasse,

Grand-mère.

P.-S. Harley doit se sentir bien seule dans son garage. Nous irons faire un tour avec elle dès mon retour ; dès que tu viendras me voir. C'est promis.

L'Étonnante Histoire d'Adolphus Tips

Lily Tregenza

Vendredi 10 septembre 1943

Ça fait une semaine entière que je suis rentrée à l'école, maintenant. Lorsque Mlle McAllister est partie à la fin du dernier trimestre, j'étais folle de joie (j'aime cette expression), nous l'étions tous. C'était une sorcière, j'en suis sûre. Je pensais que tout marcherait comme sur des roulettes (j'aime bien cette expression-là aussi), que tout serait parfait et j'attendais avec impatience la rentrée sans elle. Au lieu de ça, qui on a eu comme instit ? Mme Blumfeld ou « Bloomers ». En apparence, elle est tout sourire, mais en dessous, c'est une sorcière encore plus pire que Mlle McAllister. Je sais qu'on ne doit pas dire « plus pire », mais ça fait mieux que pire, et c'est pour ça que je le dis. Alors voilà. On l'appelle Bloomers à cause de son nom, bien sûr, et aussi parce qu'elle est venue en classe un jour, avec sa jupe relevée sans qu'elle s'en aperçoive, découvrant ses culottes bouffantes bleu marine, qu'on appelle des *bloomers.*

Aujourd'hui Bloomers m'a donné une retenue, simplement parce que j'avais de nouveau les mains sales. « Lily Tregenza, je pense que vous êtes l'une des élèves les plus sales que j'aie jamais connues. » Elle n'arrive même pas à prononcer les mots convenablement. Elle dit « penze » au lieu de pense et « zale » au lieu de sale. Elle ne sait même pas parler anglais correctement, alors qu'elle est censée être notre institutrice. Alors je lui ai dit que ce n'était pas juste, et elle m'a donné une autre retenue. J'ai horreur de son accent. Elle pourrait bien être allemande. Peut-être que c'est une espionne ! Elle a l'air d'être une espionne ! Je la déteste, je la déteste vraiment. En plus, elle a une préférence pour ceux de la ville, qui ont été évacués et se sont réfugiés ici. C'est parce qu'elle vient de Londres, comme eux. Elle nous l'a dit.

On en a trois de plus dans ma classe, ce trimestre, qui viennent tous de Londres, comme les autres. Il y en a tellement maintenant qu'il y a tout juste la place de jouer dans la cour de récréation. Ils sont presque aussi nombreux que nous. Ils passent leur temps à se battre, en plus. La plupart d'entre eux sont plutôt sympathiques, j'imagine, mais je n'arrive pas à comprendre la moitié de ce qu'ils disent. Et ils restent trop souvent ensemble. Parfois ils nous regardent comme si nous avions la rougeole, les oreillons, ou je ne sais quoi, comme s'ils pensaient qu'on était qu'une bande de bouseux arriérés, ce qui n'est pas vrai.

L'un des nouveaux – il s'appelle Barry Turner – habite dans la maison de Mme Morwhenna, à côté du magasin.

C'est un rouquin avec des cheveux partout ; même ses sourcils sont roux. Il se met les doigts dans le nez, ce qui est dégoûtant. Il fait beaucoup plus de fautes d'orthographe que moi, mais Bloomers ne lui donne jamais de retenue, à lui. Je sais pourquoi, d'ailleurs. C'est parce que le père de Barry était dans l'aviation, et qu'il a été tué à Dunkerque. Mon père à moi est dans l'armée de terre, et il est vivant. Simplement parce qu'il n'est pas mort, j'ai une retenue. Est-ce que c'est juste ? Barry a dit à Maisie qui est à côté de moi en classe, maintenant, et qui est ma meilleure amie parfois, qu'elle pouvait l'embrasser si elle le voulait. Il n'est à l'école que depuis une semaine. Il a du culot, celui-là ! Maisie dit qu'elle l'a laissé faire parce qu'il est jeune – il n'a que dix ans –, parce qu'elle avait de la peine pour lui à cause de son père, et aussi parce qu'elle voulait savoir si les réfugiés embrassaient bien. Elle a dit qu'au début, c'était un peu collant,

mais pas mal. Moi, je n'embrasse pas. Je ne vois pas pourquoi je le ferais, surtout si c'est collant. Tips va avoir ses chatons d'un jour à l'autre. Elle a un gros ventre flasque. La dernière fois qu'elle en a eu, elle a mis bas sur mon lit. C'est la meilleure chatte (et la plus grosse) du monde entier, et je l'aime plus que n'importe qui ou n'importe quoi. Mais elle a sans cesse des chatons, et j'aimerais bien qu'elle arrête parce qu'on ne peut pas toujours les garder. Personne n'en veut, car tout le monde a déjà des chats, qui ont aussi des petits.

C'est à cause de Tips et de ses chatons que j'ai eu ma dispute avec papa, la plus grande dispute de ma vie, la dernière fois qu'il est venu en permission à la maison. Il l'a fait pendant que j'étais à l'école, sans même m'en parler. Juste après leur naissance, il lui a pris ses petits et il les a noyés, tout simplement. Quand je l'ai découvert, je lui ai dit des choses terribles, que je ne lui parlerais plus jamais, et que j'espérais que les Allemands le tueraient. J'ai été horrible avec lui. D'ailleurs, je ne me suis jamais réconciliée avec lui. Je lui ai écrit une lettre dans laquelle je lui disais que j'étais désolée, mais il ne m'a pas répondu. J'avais pourtant espéré qu'il le fasse. Il me déteste sûrement, maintenant, et je ne peux pas lui en vouloir. S'il lui arrivait quelque chose, je ne pourrais pas le supporter, pas après ce que je lui ai dit.

Mam n'arrête pas de me répéter que je ne devrais pas laisser ma langue penser pour moi, mais je ne suis pas sûre de comprendre ce que ça signifie. Elle vient d'entrer dans ma chambre pour me dire bonsoir, et souffler ma lampe. D'après elle, je passe trop de temps à tenir mon journal. Elle croit que je ne peux pas écrire dans le noir, mais j'y arrive très bien. Mon écriture est peut-être un peu de travers, le lendemain matin, mais ça m'est égal.

Dimanche 12 septembre 1943

Nous avons vu quelques soldats américains à Slapton, aujourd'hui. C'est la première fois que j'en vois. Tout le monde les appelle Yankees, je ne sais pas pourquoi. Grand-père ne les aime pas, mais moi, si. Je trouve qu'ils ont des uniformes plus élégants que les nôtres, et ils semblent plus grands, d'une certaine façon. Ils sourient beaucoup et nous font signe de la main, surtout à mam, simplement parce qu'elle est jolie, à mon avis. Quand ils l'ont sifflée, elle est devenue toute rouge, mais ça lui a fait plaisir. Ils ne disent pas *hello,* comme ici, mais *hi,* et l'un d'eux a dit *howdy* (*how do you do?* en abrégé – Comment ça va?). C'est celui qui m'a donné un bonbon, sauf qu'il a appelé ça un *candy.* Je suis en train de le sucer en ce moment, pendant que j'écris. J'aime bien son goût, mais pas autant que les pastilles acidulées au citron ou les bonbons rayés à la menthe, et mous à l'intérieur. C'est les bonbons à la menthe que je préfère, mais j'ai le droit d'en manger seulement deux par semaine à cause du rationnement. Mam dit que nous avons vraiment de la chance de vivre à la ferme, parce que nous pouvons faire pousser nos légumes, avoir notre lait, notre beurre, notre crème et manger nos propres poules. Aussi quand je me plains du rationnement en sucreries, ce qui m'arrive souvent, elle me fait toujours une petite leçon

sur la chance que nous avons. Barry dit qu'à Londres, ils sont rationnés pour tout, alors peut-être que maman a raison. Peut-être que nous avons de la chance. Mais je ne vois toujours pas comment le fait que j'aie moins de bonbons à la menthe peut nous aider à gagner la guerre.

Jeudi 16 septembre 1943

Mam a reçu une lettre de papa, aujourd'hui. Chaque fois qu'elle reçoit une lettre, elle est très heureuse et très triste à la fois. Mam dit qu'il est dans le désert en Afrique, avec la 8e armée, et qu'il vérifie que les camions et les tanks sont en bon état – il est très bon en moteurs, mon père. Il fait très chaud dans la journée, écrit-il, mais la nuit il fait si froid qu'ils ont les doigts de pied qui gèlent. Mam m'a laissée lire la lettre après elle. Il ne parle pas du tout de Tips, de ses chatons, ni de notre dispute. Il a peut-être tout oublié. J'espère.

J'ai honte d'écrire ça, mais je dois mettre ce que je sens vraiment. Sinon, à quoi ça sert ? En vérité, papa ne me manque pas autant qu'il le devrait, je le sais, pas autant qu'il manque à maman. Lorsque je lis ses lettres, il me manque beaucoup, mais après, je l'oublie complètement jusqu'à ce que quelqu'un parle de lui, ou que je voie sa photo, par exemple. C'est peut-être parce que je lui en veux toujours à propos des chatons. Mais ce n'est pas seulement à cause d'eux, que je lui en veux. Le fait est qu'il n'était pas obligé d'aller se battre à la guerre. Il aurait pu rester avec nous, aider grand-père et mam à la ferme. D'autres fermiers ont été autorisés à le faire. Il aurait pu rester, lui aussi. Mais il n'a pas voulu. Il a essayé de m'expliquer pourquoi avant de partir. Il disait qu'il ne se sentirait pas à l'aise à la maison pendant que tant d'autres hommes étaient partis à la guerre, des hommes de son âge. Je lui ai répondu qu'il devrait penser à grand-père, à mam, et à moi, mais il n'a rien voulu entendre. Il faut que mam et grand-père fassent tout le travail, maintenant, la traite des vaches, l'épandage du fumier, les foins, et l'agnelage. Papa était le seul capable d'accrocher la batteuse à son tracteur Fordson, et à présent il n'est plus là pour le faire. Moi, j'aide un peu, mais je ne suis pas très utile. Je n'ai que douze ans (ou presque), et je suis à l'école la plupart du temps. Il devrait être ici avec nous, voilà ce que je pense. J'en ai assez qu'il soit parti. J'en ai assez de cette guerre. Nous n'avons plus le droit d'aller sur la plage faire voler nos cerfs-volants. Il y a du fil barbelé tout autour pour qu'on n'approche pas, et des mines disséminées partout. Ils ont mis d'horribles pancartes pour nous mettre en garde. Elles n'ont pas beaucoup servi à ce vieux chien de berger malodorant et borgne qui levait la patte sur tout ce qui passait (y compris ma jambe, une fois). Hier, il s'est glissé sous la clôture, pour se promener sur la plage, et a sauté sur une mine. Pauvre vieille chose.

J'ai eu une idée à l'école (probablement parce que Bloomers nous lisait les histoires du roi Arthur). Je trouve qu'on devrait mettre une armure à Churchill et à Hitler comme aux chevaliers du roi Arthur, les coller sur des chevaux, leur donner une lance à chacun et les laisser se débrouiller entre eux. Celui qui tombe de sa monture perd, et la guerre serait finie, tout reviendrait à la normale. Churchill gagnerait, bien sûr, parce que si Hitler semble trop faible, trop chétif rien que pour monter à cheval, on l'imagine difficilement en train de tenir une lance ! Ce serait donc nous les vainqueurs. Plus de rationnement. Tous les bonbons à la menthe que je voudrais. Papa reviendrait à la maison, et tout serait comme avant. Tout marcherait comme sur des roulettes.

Vendredi 17 septembre 1943

Ce matin, j'ai vu un renard courir à travers champs avec une poule dans la gueule. Quand j'ai crié après lui, il s'est arrêté et m'a regardée un instant, comme pour me dire de m'occuper de mes affaires. Puis il est reparti en trottinant, aussi tranquille que possible, sans s'en faire le moins du monde. Mam dit que ce n'est pas une de ses poules, mais c'est bien la poule de quelqu'un, non ? Il faudrait parler de rationnement à ce renard. Voilà ce que je pense.

Il y a un tas de faucheux qui montent sur ma fenêtre, et un papillon. Je vais les laisser sortir…

Il fait encore jour. J'adore les soirs où il y a de la lumière. C'était un papillon vulcain. Magnifique. Grandiose.

En bas, mam et grand-père se disputent, je les entends. Grand-père recommence à s'en prendre aux soldats américains, « ces satanés Yankees », comme il dit. Il leur reproche d'être partout, par centaines, et de se promener comme si c'était chez eux, de fumer des cigares, de mâcher du chewing-gum. Une vraie invasion, se plaint-il. Mam parle plus doucement que grand-père, et j'ai du mal à entendre ce qu'elle dit.

Ils ont fini de se disputer. Ils ont mis la radio. Je ne sais pas pourquoi ils l'écoutent. Les nouvelles de la guerre sont toujours mauvaises, et ça ne sert qu'à les déprimer. Ils ne l'éteignent presque jamais, cette radio.

Lundi 20 septembre 1943

Deux grandes surprises. Une bonne, une mauvaise. Nous avons tous été renvoyés à la maison, aujourd'hui. Voilà la bonne nouvelle. Tout ça à cause de ce satané M. Adolf Hitler, comme l'appelle grand-père. Donc, merci pour ce jour de vacances, satané monsieur Adolf Hitler. Nous étions assis, en train de faire de l'arithmétique avec Bloomers – une longue division dont je n'arrivais pas à bout malgré tous mes efforts – lorsque nous avons entendu le vrombissement et le grondement d'un avion au-dessus de nos têtes, de plus en plus fort. Les fenêtres de la classe ont commencé à trembler. Puis il y a eu une énorme explosion et l'école entière a été ébranlée. Nous nous sommes tous couchés par terre, et avons rampé sous nos tables comme nous avons appris à le faire lors des simulations de raid aérien, sauf que là c'était beaucoup plus excitant, parce que c'était vrai. Le temps que Bloomers nous fasse sortir dans la cour de récréation, le bombardier

allemand était déjà loin, au-dessus de la mer. On pouvait voir les croix noires sur ses ailes. Barry a fait semblant de manœuvrer un canon de D.C.A. pour essayer de l'abattre. Presque tous les autres garçons l'ont imité, faisant leur bruit idiot de mitraillage – *ratatata.*

Bloomers nous a renvoyés chez nous, au cas où d'autres bombardiers seraient en route. Mais nous ne sommes pas rentrés à la maison. Nous sommes tous allés voir si nous pouvions trouver l'endroit où la bombe était tombée. Et nous l'avons trouvé. Il y avait un énorme trou dans le champ de blé de M. Berry, juste après le village. Les volontaires pour la défense du territoire étaient déjà là, et oncle George, en uniforme, leur disait ce qu'il fallait faire. Ils s'assuraient que personne n'était tombé dedans, j'imagine. Personne n'avait été blessé en dehors d'un pauvre vieux pigeon qui devait probablement faire un bon repas de blé quand la bombe est tombée. Il y avait des plumes partout. Puis l'un des réfugiés, un garçon de la ville, a commencé à la ramener en disant qu'il avait vu des trous bien plus grands chez lui, à Londres. Le gros Ned Simmons lui a dit qu'il pouvait aller se faire voir, il lui a dit ce qu'il pensait de lui et de tous les snobinards de la ville. Ensuite, ça a mal tourné entre eux et nous. Alors je suis partie.

Je revenais à la maison, lorsque j'ai vu une Jeep qui descendait la petite route dans ma direction. Il y avait un seul soldat à l'intérieur. Il avait un casque américain sur la tête. Il s'est arrêté dans un grincement de freins, et m'a interpellée :

– Hey, là-bas !

C'était un homme noir. Je n'avais jamais vu de Noir auparavant, seulement sur des images dans les livres, et je ne savais plus quoi dire. J'essayais de ne pas le dévisager, mais je ne pouvais pas m'en empêcher. Il a dû me demander deux fois s'il était sur la bonne route pour Torpoint avant que j'arrive à hocher la tête.

– Tu sais quoi ? Tu as des nattes comme ma petite sœur.

Puis il a ajouté :

– *See ya !* (ça doit vouloir dire salut en américain), et il est reparti en roulant dans les flaques. J'étais un peu déçue qu'il ne m'ait pas donné de *candy.*

En arrivant à la maison, j'ai trouvé mon autre surprise, la mauvaise. J'ai parlé à mam et à grand-père de la bombe, d'oncle George et des volontaires pour la défense du territoire. Ils ne semblaient guère intéressés. Je me suis dit que c'était curieux. Et il était curieux aussi qu'aucun d'eux ne paraisse avoir envie de me parler ni de me regarder. Nous prenions tous les trois le thé dans la cuisine, lorsque Tips est arrivée. Elle s'est frottée contre ma jambe, puis s'est éloignée en miaulant sous la table, sous le buffet, dans l'office. Mais elle ne miaulait pas comme d'habitude, lorsqu'elle veut de la nourriture ou de l'affection, ou qu'elle apporte une souris. Elle appelait et, quand je l'ai prise dans mes bras, j'ai senti qu'elle était différente. Le ventre toujours flasque, mais très différent. Elle n'était plus grosse ni pleine. J'ai aussitôt compris ce qui s'était passé.

– Il fallait le faire, Lily, a dit mam. Il vaut mieux s'en occuper tout de suite, avant qu'elle ne s'attache trop à eux. Il faut parfois être cruel pour être bon.

Je leur ai crié :

– Assassins ! Assassins !

Et j'ai emmené Tips dans ma chambre. Je suis toujours en haut avec elle en ce moment. J'ai pleuré depuis que je suis montée, et vraiment fort pour qu'ils m'entendent, et qu'ils se sentent mal, aussi mal que moi.

Tips est couchée sur mes genoux, elle se lave à petits coups de langue, comme s'il ne s'était rien passé. Elle ronronne, même. Elle ne sait peut-être pas encore ce qui est arrivé.

Ou peut-être que si, mais qu'elle nous a déjà pardonné. Elle a arrêté de se lécher. Elle me regarde comme si elle savait. Je ne crois pas qu'elle nous ait pardonné. Je ne crois pas qu'elle nous pardonne jamais. Pourquoi le ferait-elle ?

Mardi 5 octobre 1943

Mon anniversaire. Je suis née il y a douze ans à dix heures du matin. Ça fait longtemps que je dis que j'ai douze ans, mais maintenant c'est vrai. Tout ce que je veux, à présent, c'est en avoir treize. Et même treize, ce n'est pas assez. J'aimerais tellement être plus vieille que je ne le suis ! Mais pas autant que grand-père. Je n'ai pas envie de marcher courbée, d'avoir les mains toutes dures, ridées, avec des veines apparentes. Ni d'avoir le nez qui goutte, ou des poils qui sortent de mes oreilles. Mais je voudrais que les années passent vite jusqu'à ce que j'aie dix-sept ans, pour en avoir fini avec l'école, Bloomers et les longues divisions, pour que personne ne m'enlève mes chatons et les noie. Ce sera tellement bien quand j'aurai dix-sept ans : la guerre sera terminée, c'est sûr. Grand-père dit que nous sommes déjà en train de la gagner, et que ça ne peut plus durer longtemps. Alors, je pourrai me rendre à Londres en train – je n'ai jamais pris le train – je pourrai voir les boutiques, monter dans les grands autobus rouges, et aller dans le métro. Barry Turner m'en a parlé. Il raconte qu'il y a des lumières partout dans les rues, des millions de

personnes de tous les côtés, des cinémas et des salles de danse. Son père travaillait dans un cinéma avant la guerre, avant d'être tué. Il me l'a dit, un jour. C'est la première chose qu'il m'ait jamais racontée sur son père.

Et ça me fait penser que je n'ai toujours pas eu de lettre de mon propre père. Il doit m'en vouloir encore après ce que je lui ai dit. J'aimerais, j'aimerais tellement ne pas l'avoir fait ! J'ai rêvé de lui, l'autre nuit. D'habitude, je ne me rappelle pas du tout mes rêves, mais je me souviens de celui-ci, ou d'une partie en tout cas. Il était revenu à la maison et trayait les vaches, mais il était en uniforme, avec son casque sur la tête. C'était effrayant parce que, lorsque j'arrivais dans l'étable, que je lui parlais, il ne tournait pas une seule fois son regard vers moi. J'avais beau crier, il ne me regardait pas. C'était comme si l'un de nous n'était pas là, alors que nous étions là. Tous les deux.

Lundi 1er novembre 1943

– Une claque pour toi le premier jour du mois, mon pied aux fesses pour t'apprendre la politesse, un bon coup de poing si tu fais ton malin.

Barry n'arrêtait pas de me dire ça chaque fois qu'il me voyait. C'était vraiment énervant. À la fin, je me suis mise à crier contre lui et je lui ai fait de la peine. Je sais que je n'aurais pas dû, il essayait simplement d'être amical. Il n'a pas pleuré, mais il n'en était pas loin.

Mais ce soir, je me sens encore plus mal à cause d'autre chose, quelque chose de bien pire. Depuis que Bloomers est arrivée à l'école, je lui ai rendu la vie impossible, nous l'avons tous fait, mais moi plus que les autres. J'y arrive très bien, quand je veux. J'ai été insolente avec elle dès le début parce que je ne l'aimais pas, alors elle est devenue désagréable et m'a punie. J'ai donc recommencé à la narguer, elle m'a de nouveau punie, et ainsi de suite, jusqu'à ce que je ne puisse plus du tout la supporter. J'ai été méchante avec elle depuis que je la connais, et maintenant voilà ce qui est arrivé.

Le pasteur est venu à l'école aujourd'hui pour nous dire qu'il nous ferait classe ce matin parce que Mme Blumfeld ne se sentait pas très bien. Elle était plus triste que malade, nous a-t-il expliqué, triste parce qu'elle venait d'apprendre que son mari, qui est dans la marine marchande, est porté disparu en mer, dans l'Atlantique. Son navire a été torpillé. Quelques survivants ont été recueillis, mais le mari de Mme Blumfeld n'en fait pas partie. Le pasteur a ajouté que lorsqu'elle reviendrait à l'école, nous devrions être très sages et très gentils avec elle, pour ne pas la démoraliser davantage. Puis il nous a demandé de fermer les yeux et de joindre nos mains pour prier pour elle. J'ai prié pour elle, mais j'ai prié pour moi aussi, car je ne veux pas que Dieu me tourne le dos à cause de toutes les horreurs que j'ai dites à Mme Blumfeld et de tout le mal que j'ai pensé d'elle. J'ai prié pour mon père aussi, pour que Dieu ne le fasse pas mourir dans le désert simplement parce que j'ai été méchante avec Mme Blumfeld, et pour qu'il sache que je ne le pensais pas vraiment quand je lui ai crié que je voulais qu'il meure à cause des chatons qu'il a noyés. Je n'ai jamais prié aussi intensément de toute ma vie. D'habitude, mon esprit rêvasse quand je suis censée prier, mais pas aujourd'hui.

Après le déjeuner, Mme Blumfeld est venue à l'école. Elle n'avait pas mis de rouge à lèvres. Elle paraissait pâle et glacée. Elle tremblait un peu, aussi. Nous avons posé une lettre sur son bureau que nous avons tous signée, où nous lui disions que nous étions désolés pour son mari. Elle semblait très calme, comme hébétée. Elle ne pleurait pas, ni rien, jusqu'à ce qu'elle lise notre lettre. Alors, elle a essayé de nous sourire à travers ses larmes, et elle nous a dit que c'était très délicat de notre part, ce qui n'était pas vrai, car l'idée venait du pasteur, mais nous ne le lui avons pas avoué. Ensuite, nous nous sommes levés sans faire de bruit, en parlant à voix basse, et nous avons été super gentils et super calmes toute la journée. Maintenant, j'ai tellement de peine quand je pense à elle qui est restée toute seule. Je ne l'appellerai plus jamais Bloomers. Et je crois que plus personne ne le fera.

Lundi 8 novembre 1943

Depuis que le mari de Mme Blumfeld a été tué, je me fais beaucoup de souci pour papa. Avant, je n'y pensais pas tellement, mais maintenant je m'inquiète tout le temps. Je l'imagine sans cesse mort, couché sur le sable africain. J'essaie de m'en empêcher, mais cette image de lui couché sur le sable me revient continuellement dans la tête. C'est d'autant plus bête, je le sais, que j'ai enfin reçu une lettre de lui hier, et qu'il va bien. (Ses lettres mettent un temps fou à venir. Celle-ci est datée d'il y a deux mois.) Il n'y fait jamais allusion à la colère que j'ai piquée contre lui. Il envoie même toute son affection à Tips. Papa dit qu'il fait si chaud dans le désert, qu'il pourrait presque faire frire un œuf sur le capot de sa Jeep. Il dit qu'il ne sait pas ce qu'il donnerait pour retrouver quelques jours de cette bonne bruine du Devon, et pour retrouver la boue. La boue lui manque vraiment. Comment peut-on regretter ça ? Ici, nous en avons plus qu'assez de la boue. Il pleut depuis plusieurs jours : de la bruine, du crachin, une pluie horrible. Aujourd'hui, le vent venait de la mer, et le temps de revenir de l'école à la maison, j'étais complètement trempée.

Grand-père est rentré plus tard que d'habitude. Il est allé boire un pcu, comme il le fait toujours quand il va au marché, juste pour se protéger du rhume, comme il dit. Il s'est assis en face de la cuisinière, et a mis ses pieds dans le bas du four pour les réchauffer. Mam déteste qu'il fasse ça, mais il le fait quand même. En plus il a des trous à ses chaussettes. Il en a toujours.

– Il y a des centaines de ces mâcheurs de chewing-gum yankees dans toute la ville, a-t-il dit. On dirait des mouches sur une foutue bouse de vache.

J'aime bien quand grand-père parle comme ça. Mam lui a jeté un regard noir, mais il l'a ignorée. Il m'a simplement fait un grand clin d'œil, un sourire malicieux, et a continué de parler. Il a dit qu'il se préparait sûrement quelque chose. Partout il y a des dépôts de carburant, des tentes qui se dressent, des tanks et des camions rangés dans les rues.

– C'est un gros truc, vous pouvez me croire.

Dehors, il pleut toujours. La pluie fouette les carreaux des fenêtres pendant que j'écris, et toute la maison grince et tremble, comme si elle allait décoller et s'envoler au-dessus de la mer. J'entends les vaches meugler dans l'étable. Elles ont peur. Tips aussi semble morte de peur. Elle veut se cacher. Elle n'arrête pas de pousser mon journal. Elle essaie d'enfouir sa tête de plus en plus profondément sous mon bras. Moi, je n'ai pas peur. J'aime les orages. J'aime quand la mer rugit et quand le vent est si fort qu'il nous coupe le souffle.

Ce matin, Mme Blumfeld m'a coupé le souffle, elle aussi. Daisy Simmons, la petite sœur de Ned, pose toujours des questions à tort et à travers et aujourd'hui, elle a levé le doigt pour demander à Mme Blumfeld si elle était maman. Elle le lui a demandé comme ça, de but en blanc ! Mme Blumfeld n'a pas eu l'air choqué du tout. Elle a réfléchi un instant, puis elle a dit qu'elle n'aurait jamais d'enfant à elle, car elle n'en avait pas besoin. Elle nous avait nous, à la place. Nous étions sa famille, désormais. Et puis elle avait ses chats, qu'elle adorait. Je ne savais pas qu'elle avait des chats. Je l'observais pendant qu'elle disait ça, et on voyait qu'elle les aimait vraiment. Je m'étais bien trompée sur elle. Si elle aime les chats, c'est qu'elle doit être gentille. Je vais dormir, maintenant, sans penser à papa couché dans le désert. Je vais plutôt penser à Mme Blumfeld chez elle avec ses chats.

Je viens de fermer la fenêtre, et j'ai vu un chat-huant voler au-dessus de la cour de la ferme, blanc et silencieux dans l'obscurité. À peine passé, déjà disparu. Une chouette fantôme. Il pousse son cri rauque, à présent. Les chats-huants crient, ils ne hululent pas. C'est un drôle de mot, quand on l'écrit, mais eux-mêmes n'ont pas besoin de l'écrire, n'est-ce pas ? Ils se contentent de hululer, c'est tout.

Samedi 13 novembre 1943

Aujourd'hui c'est un jour qui va changer ma vie pour toujours.

Grand-père avait raison quand il disait qu'il se préparait quelque chose. Et quelque chose d'important aussi, de très important – il faut que je me pince pour croire que c'est vrai, que ça va réellement arriver. Hier, c'était un jour banal. Pluie. École. Longue division. Dictée. Barry les doigts dans le nez. Barry me souriant à travers la classe avec ses gros yeux ronds. J'aimerais bien qu'il ne me sourie pas comme ça. Il est toujours tellement souriant !

Et puis aujourd'hui, c'est arrivé. Je savais depuis le matin qu'une sorte de réunion était prévue dans l'église pour le soir, qu'un membre de chaque famille devait s'y rendre, et que c'était essentiel. Je le savais parce que mam et grand-père s'étaient disputés à ce sujet pendant le petit déjeuner, avant que je parte à l'école. Grand-père était un vieux bouc grincheux. Il est devenu particulièrement grognon depuis quelque temps. (Mam dit que c'est à cause de ses rhumatismes et que ça empire avec ce temps pluvieux.) Il n'arrêtait pas de dire qu'il y avait trop de travail à la ferme pour se laisser embêter par des réunions ou ce genre de trucs. Et en plus, disait-il, les femmes savent mieux parler, parce qu'elles parlent tout le temps. Bien sûr mam est devenue folle de rage, et ils ont eu une sacrée prise de bec. Finalement, mam a cédé et déclaré qu'elle irait. Elle m'a demandé de venir avec elle pour lui tenir compagnie. Je n'avais pas envie d'y aller, mais maintenant je suis contente de l'avoir fait, vraiment contente.

L'endroit était bondé. Il ne restait plus de places assises lorsque nous sommes arrivées. Puis ce gros bonnet de Lord Machinchose s'est levé et s'est mis à parler. Au début, je n'ai pas fait très attention à ce qu'il disait parce qu'il ronronnait de sa voix monotone et outrecuidante (j'aime bien ce mot), qui me donnait envie de dormir. Mais soudain, j'ai senti une immobilité et un silence étranges autour de moi. Comme si plus personne ne respirait. Tout le monde écoutait, alors j'ai écouté, moi aussi. Je ne me rappelle pas les paroles exactes, mais c'était à peu près ça :

– Je sais que c'est beaucoup vous demander, disait le gros bonnet, mais je vous promets que nous ne vous le demanderions pas si nous n'y étions pas obligés, si cela n'était pas absolument nécessaire. Les soldats américains vont avoir besoin de la plage de Slapton Sands, et de tout l'arrière-pays, y compris ce village. Ils en ont besoin pour s'entraîner avant de débarquer en France, quand le moment viendra. C'est tout ce que je peux vous dire. Le reste est top secret. Ce n'est pas la peine de m'en demander davantage, car je n'en sais pas plus que vous. Ce que je sais, c'est que vous avez sept semaines à partir d'aujourd'hui pour déménager en emportant toutes vos affaires – et je ne plaisante pas. Il faut tout prendre avec vous : vos meubles, vos provisions, votre charbon, vos animaux, vos machines agricoles, votre combustible, le fourrage et tous les produits de la ferme que vous pourrez transporter. Il ne faut rien laisser qui ait la moindre valeur pour vous. Lorsque les sept semaines seront passées, personne ne sera autorisé à revenir – je dis bien, personne. Toute la zone sera entourée d'une clôture en fil de fer barbelé marquant le périmètre de sécurité, et il y aura des gardes partout pour vous empêcher d'entrer. Sans compter que ce sera dangereux. Il y aura des tirs réels : avec de vrais obus, de vraies balles. Je sais que c'est dur, mais ne croyez pas que ça ne concerne que Slapton, et que vous êtes les seuls. Torcross, East Allington, Stockenham, Sherford, Chillington, Strete, Blackawtown : trois mille personnes doivent partir ; sept cent cinquante familles doivent être évacuées et quinze mille hectares dégagés en sept semaines.

Quelques personnes ont voulu se lever et poser des questions, mais en pure perte. Il leur a fait signe de se rasseoir.

– Je vous le répète. Il est inutile de me demander le pourquoi ni le comment. Je ne sais que ce que je vous ai dit. Il est nécessaire d'évacuer cette zone pour l'effort de guerre, comme terrain d'exercice. C'est tout ce que vous avez besoin de savoir.

– Oui, mais ça va durer combien de temps ? a demandé le pasteur, du fond de la salle.

– Environ six à neuf mois, peut-être davantage. On ne peut pas savoir. Mais ne vous inquiétez pas. Nous nous assurerons que tout le monde a bien un endroit où habiter, et des compensations financières adéquates seront versées à chacun, à toutes les fermes et à toutes les entreprises pour les pertes ou les dommages subis. Et pour être honnête avec vous, je dois vous prévenir qu'il y aura des dégâts, beaucoup de dégâts.

On aurait entendu voler une mouche. Je m'attendais à ce qu'il y ait un tas de protestations et de questions, mais tout le monde semblait frappé de stupeur. J'ai levé les yeux vers mam. Elle regardait fixement devant elle, la bouche entrouverte, le visage pâle. Pendant tout le trajet dans l'obscurité jusqu'à la maison, je lui ai posé des questions, mais elle n'a pas dit un mot jusqu'à ce que nous arrivions à la cour de la ferme.

– Ça va le tuer, murmura-t-elle alors. Ton grand-père, ça va le tuer.

Une fois rentrée, elle n'y est pas allée par quatre chemins. Grand-père était dans son fauteuil, en train de réchauffer ses doigts de pied dans le four, comme d'habitude. « Il faut qu'on s'en aille, a-t-elle dit, qu'on évacue la ferme. » Et elle lui a tout expliqué. Grand-père est resté silencieux un moment. Puis, il a simplement répondu :

– Ils devront d'abord me sortir d'ici. Je suis né dans cette ferme et j'y mourrai. Je ne bougerai pas, ni pour ces satanés Yankees, ni pour personne.

Mam est toujours en bas avec lui, en train d'essayer de le convaincre. Mais il ne l'écoutera pas. Je le sais. Grand-père ne parle pas beaucoup, mais quand il parle ce n'est pas pour rien. Quand il dit quelque chose, il s'y tient. Tips vient de monter d'un bond sur mon lit et elle marche sur mon journal avec ses pattes pleines de boue ! Elle a de la chance que je l'aime autant !

Mardi 16 novembre 1943

À l'école, dans le village, quel que soit l'endroit où l'on aille ou la personne qu'on rencontre, il n'y a plus qu'un seul sujet de conversation : l'évacuation. C'est comme si un mauvais sort s'était soudain abattu sur nous tous. Personne ne sourit. Les gens ne sont plus les mêmes. Un épais brouillard est descendu sur la région depuis que nous avons appris la nouvelle. Il flotte autour de nous, essaie d'entrer par les fenêtres. Je me demande s'il va jamais disparaître, si je vais revoir le soleil un jour.

J'ai complètement changé d'avis sur Barry. Cet abruti de Bob Bolan est venu vers moi à la récréation et a commencé à m'embêter au sujet de grand-père, simplement parce qu'il est le seul du village à refuser de partir. Il l'a traité de vieil imbécile. Il a dit qu'on devrait l'envoyer dans un asile de fous et l'y enfermer. Maisie était là avec moi et elle n'a pas levé le petit doigt pour me défendre, alors que je pensais que c'était ma meilleure amie. Eh bien, elle ne l'est pas. Plus maintenant. Personne n'a pris ma défense, et j'ai dû le faire toute seule. J'ai poussé l'Abruti (je ne l'appellerai plus Bob, mais Abruti, ça lui va mieux) et l'Abruti m'a poussée, je suis tombée et je me suis éraflé le coude. J'étais assise là, en train de nettoyer mon écorchure, quand Barry s'est approché. Ensuite, tout ce que je sais, c'est qu'il a fait tomber l'Abruti par terre, et qu'il l'a bourré de coups de poing. Mme Blumfeld a dû intervenir en tirant Barry pour qu'il arrête, mais l'Abruti saignait déjà du nez, et c'est bien fait pour lui. Pendant qu'elle les emmenait tous les deux à l'intérieur de l'école, Barry a regardé derrière lui et m'a souri. Je n'ai pas pu lui dire merci, mais je le ferai. Si seulement il arrêtait de se mettre les doigts dans le nez et de me sourire tout le temps, je crois que je l'aimerais beaucoup. Mais je n'ai pas envie de l'embrasser.

Mardi 30 novembre 1943

Plusieurs personnes ont déjà commencé à déménager leurs affaires. Ce matin, j'ai vu le père de Maisie monter la route sur sa voiture à cheval chargée de chaises et de lits, d'armoires, de caisses à thé et de toutes sortes de choses. Maisie était assise tout en haut, et elle m'a saluée d'un grand geste de la main. Elle est redevenue mon amie, mais pas ma préférée. Je pense que c'est Barry mon meilleur ami, maintenant, parce que je sais que je peux vraiment compter sur lui. J'ai également vu Mlle Langley partir en voiture avec un tas de valises et de malles attachées sur le toit. Elle avait Jimbo sur les genoux, son horrible jack russel terrier qui poursuit Tips jusque dans les arbres dès qu'il la voit. Mam m'a appris que Mlle Langley va chez un cousin en Écosse, à des centaines de kilomètres d'ici. Je viens de le dire à Tips, et soudain elle ronronne, l'air très heureux. À mon avis, son ronronnement signifie : « Bon débarras ! »

La plupart des gens vont s'installer chez des parents, et nous pourrions le faire, nous aussi, sauf que grand-père ne veut pas en entendre parler. La ferme de l'oncle George n'est qu'à quelques kilomètres, juste à l'extérieur de l'endroit où sont prévus les barbelés. Ils ont déjà commencé à les installer. Oncle George a dit que la famille, c'est la famille, et qu'il ne serait que trop heureux de pouvoir nous aider. Je l'ai entendu le proposer à grand-père. Nous pourrions emmener nos vaches chez lui, tous nos moutons, nos machines agricoles, le tracteur Fordson de papa, tout. Nous serons un peu serrés, a dit oncle George, mais on pourra s'arranger. Grand-père n'a rien voulu entendre. Il ne partira pas, un point c'est tout.

Mercredi 1er décembre 1943

À la récréation, j'ai trouvé Barry assis tout seul sur les poubelles vers l'abri à bicyclettes. Il avait des marques rouges autour des yeux. Il avait pleuré, mais il essayait de ne pas le montrer. Il n'a pas voulu m'expliquer pourquoi au début mais, au bout d'un moment, j'ai réussi à le lui faire dire. C'est parce qu'il n'y aura plus de place pour lui chez Mme Morwhenna, quand elle va déménager à Kingsbridge la semaine prochaine. Il l'aime beaucoup et ne sait plus où aller. Parce que je voulais qu'il se sente mieux, et à cause de ce qu'il a fait pour moi l'autre jour en se battant contre l'Abruti, je lui ai proposé de venir jouer à la maison avec moi après l'école, à condition qu'il ne se mette pas les doigts dans le nez. Il s'est ranimé après ça, et il est devenu encore plus bavard quand il a aperçu les vaches et les moutons. Mais quand il a vu le tracteur, il est devenu dingue ! C'était comme si on lui avait donné un nouveau jouet. Je ne pouvais pas l'en détacher.

Grand-père l'a emmené faire le tour de la ferme en le laissant conduire le tracteur – ce qui n'était pas juste, parce qu'il ne m'a jamais permis de le faire. Quand ils sont revenus tous les deux, ils étaient heureux comme des rois. Ça faisait une éternité que je n'avais pas vu grand-père rire ainsi.

Barry s'est jeté sur le gâteau à la crème de mam, dévorant une tranche après l'autre, sans arrêter une minute de parler du tracteur ou de la ferme (et personne ne lui a dit de ne pas parler la bouche pleine, ce qui n'est pas juste, parce que mam me le reproche tout le temps). Il aurait tout avalé si mam n'avait pas enlevé le gâteau. Il continue à me sourire, mais ça ne me gêne plus tellement, maintenant. En fait, j'aime bien ça.

Ensuite, quand avons descendu l'allée jusqu'au portail de la ferme, il a semblé de nouveau complètement démoralisé. Il n'a pas ouvert la bouche pendant tout le chemin. Puis soudain, il a lâché :

– Je pourrais rester chez vous. Je ne vous gênerais pas, vous avez ma parole. Je ne me mettrais plus les doigts dans le nez, vous avez ma parole !

Je ne pouvais pas dire non, mais je ne voulais pas dire oui non plus, pas vraiment. En fait, ce serait comme avoir un frère à la maison. Je n'ai jamais eu de frère et n'étais pas sûre d'en vouloir un, même si Barry est mon meilleur ami maintenant, ou à peu près. Alors, j'ai dit peut-être. J'ai dit que je demanderais. Et c'est ce que j'ai fait, pendant le dîner. Grand-père n'a pas hésité une seconde.

– Ce gamin a besoin d'une maison, n'est-ce pas ? Eh bien nous en avons une. Il a besoin d'être nourri ? Nous avons de la nourriture. Nous aurions dû prendre un de ces enfants évacués avant, seulement jusqu'à présent, je n'aimais pas beaucoup les gens de la ville. Mais celui-là, ça va. C'est un bon gamin. En plus, ce sera bien d'avoir un garçon ici. Comme autrefois, quand ton père était petit. Dis-lui qu'il peut venir.

Il ne m'a pas demandé ce que j'en pensais, ni ce qu'en pensait mam. Il a simplement dit oui. Je ne m'y attendais pas, je n'y étais pas préparée, et mam non plus. Il semble donc que je vais avoir une sorte de frère qui va vivre avec nous, que ça me plaise ou pas. Mam est venue il y a une minute, elle s'est assise sur mon lit.

– Est-ce que ça t'ennuie pour Barry ? m'a-t-elle demandé.

– Il est bien, j'imagine, ai-je répondu.

Et c'est vrai qu'il est bien, sauf quand il se met les doigts dans le nez, évidemment.

– En tout cas, une chose est sûre, c'est que ça rendra grand-père plus heureux, a dit mam. Et s'il est plus heureux, on pourra peut-être le convaincre plus facilement d'aller chez l'oncle George. Ils vont nous obliger à quitter la ferme, tu sais, Lily. D'une manière ou d'une autre, nous n'y échapperons pas.

Elle m'a fait un long câlin, ce soir. Ça ne lui était pas arrivé depuis une éternité. Elle doit penser que je suis trop grande, ou quelque chose dans le genre. Mais ce n'est pas vrai.

Je n'ai plus fait mon cauchemar sur papa depuis un bout de temps, ce qui est une bonne chose. Mais je n'ai pas beaucoup pensé à lui, non plus, ce qui est moins bien.

Mercredi 15 décembre 1943

Barry est venu s'installer chez nous cet après-midi. Il est parti de l'école avec moi, sa valise à la main. Il a gambadé pendant presque tout le chemin. Il dort dans la chambre qui est au bout du couloir. Grand-père dit que c'était celle de papa quand il était petit. Juste après le goûter, grand-père l'a emmené nourrir les vaches. D'après le regard de Barry quand il est revenu, je pense qu'il se croit au paradis. Comme il dit, il n'y a pas de tracteurs à Londres, pas de vaches, de moutons, de cochons. Il a déjà décidé que ce sont les moutons qu'il préfère. Et il aime la boue aussi, rouler du haut en bas de la colline en couvrant son manteau d'excréments de brebis. Il a dit à mam que le marron était sa couleur préférée, parce qu'il aime la boue, et les saucisses. J'en ai appris un peu plus sur lui aujourd'hui – il raconte plus de choses à mam qu'à moi, mais j'écoute. Il n'a pas dit grand-chose sur son père, bien sûr, mais sa mère travaille dans les autobus de Londres, elle est receveuse, c'est-à-dire qu'elle vend les tickets à l'intérieur des bus. C'est à peu près tout ce que je sais de lui, en dehors du fait qu'il tripote ses cheveux quand il n'a pas le moral et qu'il n'aime pas les chats parce qu'ils ont l'air de se moquer de lui. Il a de la conversation. Il me sourit toujours. En tout cas, s'il habite chez nous, il a intérêt à être gentil avec Tips, c'est le conseil que je lui donne. Il tripote beaucoup ses cheveux en classe, surtout pendant les exercices d'écriture. Il ne forme pas bien ses lettres. Mme Blumfeld essaie de l'aider à progresser, en dictée aussi, mais il continue à tout faire à l'envers. (À mon avis il en a peur – des lettres, je veux dire.) En revanche, il est bon en calcul. Il ne se sert jamais de ses doigts. Il fait tout de tête, ce dont je suis incapable.

Grand-père continue à clamer à qui veut l'entendre qu'il ne bougera pas. Un tas de gens ont essayé de le convaincre, comme le pasteur, ou le docteur Morrison, et même le major Tucker est sorti de son manoir pour venir nous voir. Mais grand-père est intraitable. Il continue comme avant, comme si de rien n'était. La moitié du village a déménagé, maintenant, y compris le fermier Gent, à côté de chez nous. J'ai vu qu'on emportait ses dernières machines hier. Tous ses animaux sont déjà partis. Il les a emmenés au marché la semaine dernière. Sa ferme est vide. D'habitude je peux voir une lumière ou deux par ma fenêtre, mais plus maintenant. Tout est noir, un noir d'encre. Comme si la maison avait disparu, elle aussi.

Il y a de plus en plus de camions américains qui arrivent dans le village. Grand-père fait semblant de ne s'apercevoir de rien. Barry est dehors avec lui, en ce moment. Ils sont allés traire les vaches. Je les ai vus traverser la cour ensemble tout à l'heure, dans leurs bottes en caoutchouc. Barry a l'air d'avoir fait ça toute sa vie, comme s'il avait toujours habité là, comme s'il était le petit-fils de grand-père. À vrai dire, je suis un peu jalouse. Non, en fait, je suis très jalouse. J'ai toujours pensé que grand-père aurait voulu que je sois un garçon. À présent, j'en suis sûre.

Jeudi 16 décembre 1943

Demain soir, ce sera la fin du premier trimestre à l'école, quatre jours plus tôt que prévu. Nous avons quatre jours de vacances supplémentaires. Youpi ! Hourra ! C'est parce qu'il faut déménager toutes les tables, les armoires, les bibliothèques, tout, jusqu'au dernier morceau de craie. Mme Blumfeld nous a dit que les soldats américains viendraient demain apporter leur aide. Nous irons à l'école de Kingsbridge après Noël. Nous irons en car, parce que c'est trop loin pour s'y rendre à pied. Aujourd'hui, Mme Blumfeld nous a dit qu'elle continuerait à être notre institutrice là-bas. Nous avons tous poussé des cris de joie, et c'était sincère. C'est la meilleure maîtresse que j'aie jamais eue, mais parfois, j'ai encore du mal à la comprendre à cause de sa façon de parler. Comme elle vient des Pays-Bas, nous avons un tas de photos d'Amsterdam sur le mur. Là-bas, ils ont des canaux à la place des rues. Elle a accroché deux grandes reproductions de tableaux, de deux Hollandais, l'une d'une vieille dame avec un chapeau, d'un peintre appelé Rembrandt (c'est amusant comme nom, mais c'est bien), et l'une de navires colorés sur une plage, par quelqu'un d'autre. Je n'arrive pas à me souvenir de son nom, je crois que c'est Van quelque chose ou un truc de ce genre. J'étais en train de la regarder aujourd'hui, pendant que nous répétions des chansons de Noël. Nous chantions *I Saw Three Ships Come Sailing In – J'ai vu trois bateaux arriver sur la mer* –, et c'était amusant parce que, en même temps, je voyais tous ces navires sur le mur. Je ne comprends pas très bien le sens de cette chanson. Qu'est-ce que ces navires qui arrivent ont à voir avec la naissance de Jésus ? Mais j'aime bien l'air. Je suis en train de le chantonner pendant que j'écris.

Nous pensons tous qu'elle a beaucoup de courage de continuer à nous faire classe ainsi après la disparition de son mari en mer. Tout le monde l'aime bien dans le village, maintenant. Elle est toujours sur son vélo, avec son foulard bleu. Dès qu'elle nous voit, elle donne un coup de sonnette, et nous fait de grands gestes de la main. J'espère qu'elle a oublié à quel point j'ai été méchante avec elle au début. Je pense qu'elle a oublié, parce que c'est moi qu'elle a choisie, dans le chœur, pour chanter en solo le premier couplet d'un chant de Noël, *In The Bleak Midwinter – Dans la tristesse de l'hiver.* Je m'entraîne toute la journée : en revenant à la maison, dans les champs, dans le bain. Barry dit que c'est très joli, ce qui est gentil de sa part. Il ne se met plus du tout les doigts dans le nez, et ne passe plus son temps à me sourire. Il comprend peut-être qu'il n'a plus besoin de me sourire – il comprend peut-être que je l'aime beaucoup. Quand je chante dans le bain, ma chanson est vraiment bien, mais je ne peux quand même pas emmener ma baignoire à l'église !

Samedi 18 décembre 1943

J'adore les chants de Noël, et surtout *In The Bleak Midwinter.* On ne devrait pas les réserver au seul moment de Noël. Nous avons donné notre petit concert cet après-midi dans l'église, et j'ai dû chanter mon couplet devant tout le monde. J'ai raté une ou deux notes, mais c'est parce que je tremblais comme une feuille, juste avant de commencer. Barry a eu beau me dire que c'était parfait, je savais que c'était pour me faire plaisir. Et c'est vrai que j'étais contente, mais après j'y ai repensé. Barry ne sachant chanter qu'une seule note, comment pourrait-il savoir si c'était bien ou pas ?

Il ne reste plus que quinze jours avant la date où nous devrions déménager. Barry n'arrête pas de me demander ce qui va arriver à grand-père s'il ne part pas. Il a peur qu'on le mette en prison. Tout ça parce que nous avons eu la visite de l'armée et de la police, hier, pour ordonner à grand-père de faire ses bagages et de partir, s'il ne veut pas avoir de sérieux ennuis. Grand-père les a raccompagnés vite fait à la porte, mais ils ont prévenu qu'ils reviendraient. J'aimerais bien que Barry ne me demande pas sans arrêt ce qui va sc passer, parce que je n'en sais rien. Personne n'en sait rien. Peut-être qu'ils le mettront en prison. Peut-être qu'ils nous mettront tous en prison. Chaque fois que j'y pense, j'ai peur. Alors, je vais essayer de ne pas y penser. Ou si j'y pense, de m'efforcer de m'inquiéter pour autre chose.

Ce soir, assise à côté de Barry en haut de l'escalier, tous les deux en pyjama, nous avons écouté mam et grand-père se disputer de nouveau dans la cuisine. Grand-père semblait plus énervé que jamais. Il disait qu'il préférait se tuer plutôt que de quitter la ferme. Il ajoutait qu'il ne voyait absolument pas l'intéret de cette guerre, qu'il ne l'avait jamais vu, qu'il avait passé la précédente dans les tranchées, et que c'était assez horrible pour toute une vie.

– Si les gens savaient vraiment ce que ça a été, disait-il, et on aurait dit qu'il pleurait presque tellement il était en colère, s'ils savaient, s'ils avaient vu ce que j'ai vu, ils n'auraient jamais envoyé de nouveau des jeunes au combat. Jamais.

Il ne demandait qu'une chose : qu'on le laisse en paix, qu'on le laisse s'occuper tranquillement de sa ferme.

Mam a essayé de le raisonner encore et encore, en lui disant que nous n'étions pas les seuls à devoir partir, que tous les gens du village s'en allaient, que personne n'en avait envie, mais qu'il le fallait, pour que les Américains puissent s'exercer pour le débarquement, aller en France, et en finir avec cette guerre. Ensuite, nous pourrions rentrer assez rapidement chez nous, papa reviendrait, et la guerre serait bel et bien terminée.

– Ça ne sera pas long, lui répétait-elle. Ils nous l'ont promis.

Mais grand-père ne voulait pas davantage la croire elle, qu'il ne les croyait eux. Il disait que les Yankees promettaient que ça ne durerait pas longtemps uniquement pour pouvoir le chasser de chez lui.

À la fin, il est sorti en claquant la porte. Nous avons entendu mam pleurer, alors nous sommes descendus. Barry lui a préparé une tasse de thé, et moi je lui ai pris les mains en lui disant que tout s'arrangerait, que j'étais sûre que grand-père céderait, qu'il finirait par partir. Mais c'était pour la consoler. Il ne partira pas, pas de son propre gré, en tout cas, ni pour tout l'or du monde. Il faudra l'emmener de force et, comme dit mam, ça lui brisera le cœur.

Jeudi 23 décembre 1943

Lettre de papa à nous tous pour nous souhaiter un joyeux Noël. Il dit qu'il est en Italie, à présent, qu'il n'y a que de la pluie, de la boue, qu'ils montent sur une colline, et qu'il y en a toujours une autre devant eux, mais qu'au moins, chaque colline le rapproche de la maison. Nous avions à peine fini de la lire pendant le petit déjeuner, lorsque quelqu'un a frappé à la porte. C'était Mme Blumfeld. Elle venait nous apporter sa carte de Noël, annonça-t-elle. Mam lui a demandé d'entrer. Elle avait les joues toutes rouges, et était essoufflée d'avoir pédalé. C'était étrange de la voir ici, à la maison. Elle ne ressemblait plus à notre institutrice, mais plutôt à une tante en visite. Dès qu'elle s'est assise, Tips est montée sur ses genoux. Mme Blumfeld a bu son thé, et trouvé que Tips était vraiment charmante, alors même que la chatte aiguisait ses griffes sur ses genoux.

Puis, soudain, elle a regardé grand-père. Je ne me rappelle pas ses paroles exactes, mais c'était à peu près ça :

– Vous et moi, monsieur Tregenza, a-t-elle commencé, je crois que nous avons beaucoup dc choses – comment dit-on en anglais ? – en commun.

Grand-père a eu l'air éberlué (j'aime bien ce mot-là).

– Il paraît que vous êtes le seul, dans ce village, à ne pas vouloir partir. Je crois que je serais exactement comme vous. J'adorais notre maison aux Pays-Bas, à Amsterdam. C'est là que j'ai grandi. Tout ce que j'aimais était dans cette maison. Mais nous avons dû partir. Nous n'avions pas d'autre possibilité. Nous n'avions pas le choix parce que les Allemands arrivaient. Ils envahissaient notre pays. Nous avons fait ce que nous avons pu pour les arrêter, mais en vain. Ils avaient trop de tanks, trop d'avions. Ils étaient trop forts pour nous. Mon mari, Jacobus, était juif, monsieur Tregenza. Je suis juive. Nous savions quel sort ils réservaient aux Juifs. Ils voulaient se débarrasser de nous, et nous tuer tous, comme des rats. Nous le savions. Alors, nous avons dû quitter notre maison. Nous sommes venus en Angleterre, monsieur Tregenza, pour nous mettre à l'abri. Jacobus est entré dans la marine marchande. Il était capitaine, aux Pays-Bas. Les Hollandais, comme les Anglais, sont d'excellents marins. C'était un homme bon, et très gentil, comme vous – Barry et Lily me l'ont dit. Ils l'ont peut-être tué, lui, monsieur Tregenza, mais ils ne m'ont pas tuée, moi. Pas encore. Ils le feraient s'ils le pouvaient. S'ils viennent ici, ils n'hésiteront pas.

Grand-père n'a pas quitté des yeux le visage de Mme Blumfeld pendant tout le temps où elle a parlé.

– Voilà pourquoi je vous demande de partir de chez vous, comme je l'ai fait, pour que les soldats américains puissent venir. Ils vous emprunteront votre maison et vos champs quelques mois pour s'entraîner. Puis ils pourront traverser la mer, libérer mon peuple et mon pays, et beaucoup d'autres pays aussi. Ainsi, les Allemands ne viendront jamais ici, ils ne marcheront jamais dans vos rues. Et mon peuple ne souffrira plus longtemps. Je sais que c'est dur, monsieur Tregenza, mais je vous demande de le faire pour moi, pour mon mari, pour mon pays – et pour le vôtre aussi. Je pense que vous le ferez, parce que je sais que vous avez bon cœur.

Grand-père avait les yeux pleins de larmes. Il s'est levé, il a enfilé son manteau d'un mouvement d'épaule, a mis son chapeau sans prononcer un mot. Arrivé à la porte, il s'est arrêté et s'est retourné.

– Je vais vous dire quelque chose, madame. J'aurais aimé avoir une institutrice comme vous, quand j'étais petit.

Puis il est sorti sans rien ajouter. Barry a couru derrière lui, et nous sommes restés là à nous regarder en silence.

Mme Blumfeld est partie peu après, quant à grand-père et Barry, nous ne les avons plus revus jusqu'au déjeuner. Grand-père se lavait les mains dans l'évier lorsqu'il a soudain

déclaré qu'il avait réfléchi, et que nous pourrions commencer à faire les cartons après le repas, qu'il allait immédiatement conduire le troupeau de moutons chez l'oncle George, qu'il aurait donc besoin de nous deux – Barry et moi – pour lui donner un coup de main. Puis, avec le plus grand calme, il a ajouté :

– Du moment qu'on pourra revenir après.

– Nous reviendrons, je te le promets, a dit mam, et elle est allée l'embrasser.

Alors il s'est mis à pleurer. C'était la première fois que je voyais grand-père pleurer.

Samedi 25 décembre 1943

Le jour de Noël. Inutile de faire semblant de croire que c'était un joyeux Noël, malgré tous nos efforts. Nous avions un bel arbre et des décorations partout, comme d'habitude. Nous avions disposé nos grandes chaussettes sur le lit de grand-père. Mais papa n'était pas là. Il nous a terriblement manqué à mam et à moi. Barry s'ennuyait de sa famille, et grand-père, grincheux à l'idée de partir, a été au plus bas toute la journée. Il y avait du poulet rôti pour le déjeuner, ce qui nous a redonné un peu de gaieté à tous. J'ai trouvé une pièce d'argent de trois pence dans le pudding de Noël, et Barry en a trouvé une aussi, ce qui lui a fait oublier sa tristesse, au moins pour un moment. Le soir, nous avons tous aidé grand-père à traire les vaches, afin de lui remonter un peu le moral, et ça a marché, mais pas longtemps. Nous n'avons plus qu'une semaine pour débarrasser entièrement la ferme. Grand-père ne pense qu'à ça. La maison est remplie de piles de caisses à thé et de cartons. On a enlevé les rideaux et les abat-jour, et emballé la plus grande partie de la vaisselle. Malgré toutes nos décorations de Noël, ça ne ressemble vraiment pas à Noël.

Comme cadeau, j'ai reçu une paire de gants rouges en laine, que mam a tricotés en secret, spécialement pour moi. Barry a eu une écharpe bleu marine qu'il porte tout le temps, même pendant les repas. Ce n'est pas mam qui l'a tricotée, elle n'avait pas le temps. Nous sommes allés ensemble à l'église, ce soir. C'est la dernière fois que nous nous rendons dans cette église-là, pour un bon bout de temps. Ils vont la vider de tous ses objets précieux – vitraux, chandeliers, bancs – pour qu'ils ne risquent pas d'être endommagés. Les soldats américains vont tout emporter. Ils mettent des sacs de sable autour des objets trop lourds pour pouvoir être enlevés, afin de les protéger le mieux possible. C'est ce que le pasteur nous a expliqué – il a ajouté qu'ils vont avoir besoin d'aide. Ils commencent à vider l'église demain. Mam dit que nous devrons y aller pour donner un coup de main.

J'ai apporté un peu de poulet froid à Tips, ce soir, pour son dîner de Noël. Elle a léché l'assiette jusqu'à ce qu'elle brille. Elle est un peu troublée, je pense. Elle sait qu'il se prépare quelque chose. Elle le voit, et elle le sent aussi. À mon avis, elle est malheureuse parce qu'elle sait que nous sommes malheureux.

J'en ai déjà assez de l'oncle George, alors que nous n'avons pas encore emménagé chez lui. Il ne parle que de la guerre : les Allemands par-ci, les Russes par-là. Il reste assis, l'oreille collée à la radio, soufflant et s'exclamant à chaque nouvelle. Même aujourd'hui, le jour de Noël, il n'a pas arrêté de dire qu'il faudrait « bombarder l'Allemagne et la raser au sol, à cause de tout ce qu'elle nous a fait » ! Après ça, tout le monde s'est mis à en parler aussi, et à se disputer. Je suis donc montée me coucher, et je les ai laissés continuer. C'est censé être un jour de paix et de bonne volonté pour tous les hommes. Pourtant, ils n'arrivent pas à discuter d'autre chose que de la guerre. Ça me rend triste, alors que je ne devrais pas l'être, le jour de Noël. Mais maintenant, je suis triste. Joyeux Noël, papa.

P.-S. Je venais de finir d'écrire mon journal, quand j'ai entendu Barry pleurer dans sa chambre, alors je suis allée le voir. Au début, il n'a pas voulu me dire pourquoi. Puis il m'a avoué qu'il s'ennuyait simplement de sa maman. Et de son papa – surtout de son papa. Qu'est-ce que je pouvais lui dire ? Mon père est vivant, je vis chez moi, je vais dans mon école. Soudain, j'ai eu une idée.

– Si on allait souhaiter un bon Noël aux vaches ? lui ai-je proposé.

Il a aussitôt séché ses larmes. Nous avons donc descendu silencieusement l'escalier en pantoufles et en pyjama, et nous avons couru jusqu'à l'étable. Elles étaient toutes couchées dans la paille, en train de grogner et de ruminer, leurs veaux endormis, pelotonnés contre elles. Barry s'est accroupi, a caressé l'un d'eux, qui lui a tété le doigt, jusqu'à ce que Barry se mette à glousser et le lui enlève. En traversant la cour pour rentrer dans la maison, il m'a dit soudain :

– Je déteste la radio. On y parle toujours de la guerre, des bombardements, et c'est là que je pense le plus à ma mère, qu'elle me manque le plus. Je ne veux pas qu'elle meure. Je ne veux pas être orphelin.

Je lui ai pris la main et l'ai serrée très fort. J'étais trop bouleversée pour pouvoir répondre quoi que ce soit.

Dimanche 26 décembre 1943

J'ai passé une journée si étrange, si heureuse ! Ça fait longtemps que ça ne m'était pas arrivé. J'ai rencontré l'être le plus différent que j'aie jamais connu. Il est différent en tout et pour tout. Il a un aspect différent, une façon de parler différente, il est différent. Et le mieux, c'est que c'est mon ami.

Nous étions censés aider à déménager l'église, mais en fait nous nous contentions surtout de regarder, car les Yankees faisaient tout le travail. Grand-père a raison : ils mâchent beaucoup de chewing-gum. Mais ils sont très gais, ils rient et plaisantent sans arrêt. Certains apportaient des sacs de sable dans l'église, tandis que les autres en sortaient les bancs et les chaises, les livres de cantiques et les prie-Dieu.

Soudain, j'ai reconnu l'un d'eux. C'était le soldat noir que j'avais vu en Jeep il y a quelque temps. Il s'est souvenu de moi, lui aussi.

– *Hi !* Comment ça va ? m'a-t-il dit.

Je n'ai jamais vu personne sourire comme lui. Tout son visage s'est illuminé. Il paraissait trop jeune pour être soldat. Il a eu l'air ravi de me voir là, de reconnaître quelqu'un. Il s'est penché, pour se mettre à ma hauteur, et son visage était tout près du mien.

– J'ai trois petites sœurs chez moi, à Atlanta – en Georgie, aux États-Unis, tout là-bas de l'autre côté de la mer. Et elles sont toutes jolies, juste comme toi.

Alors un autre soldat s'est approché – c'était sûrement un sergent ou quelque chose comme ça, parce qu'il avait un tas de galons sur le bras, à l'envers, pas du tout comme ceux de nos soldats à nous. Le sergent lui a dit qu'il ferait mieux de porter des sacs de sable au lieu de bavarder avec les mômes. Alors, il a répondu :

– Oui, sergent.

Et il est parti en me souriant par-dessus son épaule. Ensuite, quand je l'ai revu, il est passé devant moi avec un sac de sable sous chaque bras. Il s'est arrêté à côté de moi, m'a regardée du haut de sa grande taille.

– Comment tu t'appelles ? m'a-t-il demandé.

Alors je le lui ai dit. Et il a repris :

– Je m'appelle Adolphus T. Madison (T pour Thomas). Soldat de 1re classe, armée améri-

caine. Mes amis m'appellent Adie. Je suis très honoré de faire ta connaissance, Lily. Un rayon de soleil d'Atlanta, voilà ce que tu es, un rayon de soleil d'Atlanta.

Personne ne m'a jamais parlé comme ça. Il me regardait droit dans les yeux, et j'ai compris qu'il était sincère, qu'il pensait chaque mot qu'il disait. Mais le sergent a recommencé à crier après lui, et il a dû s'éloigner.

Puis Barry m'a rejointe, et tout le reste de la matinée nous sommes restés derrière l'église à regarder les soldats aller et venir, tandis qu'ils transportaient des sacs de sable et, chaque fois qu'il passait, Adie me faisait un grand sourire. Le pasteur tournait autour des soldats yankees comme une vieille poule, leur recommandant de faire plus attention, surtout pendant qu'ils mettaient des sacs de sable autour du bénitier.

– Ce bénitier est très précieux, vous savez, répétait-il.

Je voyais bien qu'ils n'aimaient pas être harcelés ainsi, mais ils étaient trop polis, trop respecteux pour répondre quoi que ce soit. Le pasteur n'arrêtait pas de les asticoter.

– C'est ce que nous avons de plus précieux dans l'église. C'est normand, vous savez, c'est très ancien.

Deux Yankees passaient justement devant nous avec d'autres sacs de sable, quand l'un d'eux a demandé à l'autre :

– Mais qui c'est, ce vieux Normand, au fait ?

Nous avons éclaté de rire, Barry et moi, nous ne pouvions plus nous arrêter. Le pasteur nous a dit de ne pas glousser comme ça dans l'église, alors nous sommes allés glousser dans le cimetière.

Nous avons tout raconté à mam et à grand-père en revenant, ce soir, et ils ont tellement ri qu'ils en avaient les larmes aux yeux. C'était vraiment une bonne, une très bonne journée. J'espère qu'Adie ne sera pas tué dans cette guerre. Il est tellement gentil ! Je vais prier pour lui, ce soir, et pour mon père aussi.

Tips vient de m'apporter une souris morte qu'elle a laissée tomber à mes pieds. Elle sait que je déteste les souris, mortes ou vivantes. J'aurais vraiment voulu qu'elle ne le fasse pas. Elle est là, en train de se lécher les babines, très contente d'elle. Parfois, je crois que je comprends pourquoi Barry n'aime pas les chats.

Lundi 27 décembre 1943

C'est ma toute dernière nuit dans ma chambre. Jusqu'à présent, je crois que je ne me rendais pas compte que ça allait vraiment nous arriver, en tout cas pas à nous, pas à moi. Aux autres, oui. Tout le monde s'en allait, mais d'une certaine façon, je n'imaginais pas que le jour viendrait où nous devrions les imiter. Pourtant demain, c'est le dernier jour, et demain viendra. Demain ma chambre sera vide – toute la maison sera vide. De toute ma vie, je n'ai jamais dormi ailleurs que dans cette chambre. Pour la première fois, je crois comprendre pourquoi grand-père a refusé si longtemps de partir. Ce n'est pas seulement parce qu'il est têtu, grincheux et qu'il a mauvais caractère. Il adore cet endroit, et moi aussi. Je regarde cette chambre qui fait partie de moi-même. J'appartiens à cet endroit. Je vais me mettre à pleurer si je continue à écrire, alors je préfère m'arrêter.

Mardi 28 décembre 1943

Première nuit chez oncle George, et il fait froid. Mais il y a pire, bien pire : Tips a disparu. Nous ne l'avons pas trouvée et n'avons pas pu l'emmener.

Nous avons emménagé ici aujourd'hui. Nous étions les derniers de tout le village à partir. Grand-père en est très fier. Beaucoup de gens nous ont aidés. Mme Blumfeld est venue, ainsi qu'Adie, accompagné d'une demi-douzaine d'autres Yankees. Nous n'aurions pas pu nous en sortir sans eux. Tout est là, maintenant : les caisses à thé, les meubles. Presque tout est entreposé dans le grenier d'oncle George, sous une vieille bâche. Mais les vaches sont restées à la ferme. Nous irons les chercher demain, a dit grand-père, et nous les conduirons jusqu'ici.

Oncle George a fait de la place pour nous. C'est sûrement très gentil de sa part, mais il parle trop souvent tout seul, il grogne, souffle sans arrêt, et quand il se mouche, on dirait une corne de brume. Il est très sale, débraillé, négligé, ce qui déplaît à mam, et je le trouve aussi un peu arrogant. J'ai voulu simplement être polie, parce que mam m'avait recommandé de l'être, quand je lui ai demandé quelle était sa chaise avant de m'asseoir. Oncle George m'a répondu :

– Mais toutes ces chaises sont à moi, Lil.

(Je préférerais qu'il ne m'appelle pas Lil, il n'y a que mes parents qui m'appellent comme ça.) Il riait en le disant, mais il le pensait quand même, je le sais. Je pense qu'il est un peu autoritaire avec nous, parce qu'il est le frère aîné de mam. Il n'arrête pas de dire que papa n'aurait pas dû partir à la guerre et laisser mam toute seule. C'est ce que je pense, moi aussi, mais je n'aime pas le lui entendre dire. De toute façon, elle n'est pas seule. Elle a grand-père, et elle m'a, moi.

Mam me demande d'être très patiente avec lui, parce qu'étant célibataire, il a toujours vécu seul, ce qui explique qu'il soit négligé et ne sache pas très bien s'y prendre avec les gens. Je vais essayer, mais ça ne sera pas facile. En plus, il ressemble à un épouvantail, sauf quand il porte son uniforme de volontaire pour la défense du territoire. Lorsqu'il porte son uniforme, il a l'air très content de lui. Pourtant, grand-père dit qu'il ne fait pas grand-chose, qu'il se contente de s'installer au poste de guet en haut de la colline. Les volontaires sont censés repérer les navires et les avions mais, d'après grand-père, c'est surtout une bonne occasion de fumer et de bavarder.

Ma chambre à la maison me manque déjà. Non seulement celle-ci est glacée, mais elle est très petite, c'est une sorte de placard – un placard que je dois partager avec mam. Barry est dans la chambre de grand-père. C'était le seul moyen de nous faire tous tenir ici. Mam et moi devons aussi partager le lit, mais ça ne me gêne pas. Nous nous ferons des câlins. Elle me tiendra chaud ! Je n'ai pas de table ici, alors j'écris assise sur le lit, mon journal sur les genoux.

Si seulement Tips était là ! Elle me manque et je m'inquiète vraiment pour elle. Elle s'est enfuie quand nous avons sorti les meubles de la maison. Je l'ai appelée, et appelée encore, mais elle n'est pas revenue. Je fais tout ce que je peux pour ne pas me faire trop de souci. Mam dit que Tips est simplement allée se promener, qu'elle reviendra quand la maison sera de nouveau calme. Mam est sûre qu'elle sera là quand nous irons chercher les animaux demain. Elle répète qu'il reste encore trois jours avant que la ferme ne soit condamnée, mais je ne peux pas m'empêcher de penser qu'après ça, nous n'aurons plus le droit d'y retourner pendant six mois ou plus. Et si Tips n'est pas là demain ? Qu'est-ce qu'on va faire si on ne la trouve pas ?

Barry est plus heureux que jamais, parce qu'il a deux fermiers à aider, maintenant, et deux tracteurs. Mais le plus étonnant, c'est que grand-père est content aussi. Je pensais qu'il serait très triste une fois que nous aurions quitté la maison. J'étais là quand il a verrouillé la porte et glissé la clé dans la poche de son gilet. Il a regardé la ferme pendant un long moment. Il a même essayé de sourire. Mais il n'a pas dit un mot. Il nous a simplement pris par la main, Barry et moi, et nous sommes tous partis sans jeter un regard en arrière. Il a déjà pris ses habitudes dans la cuisine d'oncle George. Il met ses pieds dans le four, ce qui semble déplaire fortement à mon oncle. Mais grand-père est beaucoup plus vieux que lui, et oncle George sera bien obligé de s'y faire, non ?

Ah oui, j'oubliais. Cet après-midi, Adie m'a présenté à son ami Harry, pendant qu'ils transportaient notre table de cuisine. Il vient aussi d'Atlanta, et il est noir comme Adie. Ils sont tous les deux difficiles à comprendre, parfois, parce qu'ils ne parlent pas l'anglais comme nous. C'est surtout Adie qui fait la conversation.

– Harry est comme mon frère, Lily, c'est pas mon frère frère, si tu vois ce que je veux dire, c'est juste un ami. Comme des jumeaux, pas vrai, Harry ? On veille toujours l'un sur l'autre. Harry et moi, on a grandi ensemble, même rue, même ville. On est nés le même jour aussi – le 25 novembre. On a tous les deux dix-huit ans, mais je suis le plus vieux de six heures – c'est nos mères qui nous l'ont dit, et elles doivent bien le savoir. Pas vrai, Harry ?

Harry m'a simplement souri, en aquiesçant d'un hochement de tête.

– Harry parle pas beaucoup, a ajouté Adie, mais c'est quelqu'un qui réfléchit.

Ils ont travaillé ensemble toute la journée à notre déménagement. Ils doivent être très forts. Ils ont pris le buffet de grand-père tout seuls, sans souffler ni ahaner. Ils l'ont soulevé comme si c'était aussi léger qu'une plume.

J'ai sans arrêt l'impression d'entendre Tips dehors, mais chaque fois que je regarde, c'est le chat roux d'oncle George qui miaule dans la cour. J'espère seulement que Tips va s'entendre avec lui. Elle n'aime pas beaucoup les autres chats. Mais puisque je dois être polie

avec oncle George, il faudra bien qu'elle soit polie avec son chat, n'est-ce pas ? Demain, Tips sera là et tout marchera de nouveau comme sur des roulettes ! Cette expression me fait sourire, même quand je suis triste. Alors, je vais l'écrire encore : tout marchera comme sur des roulettes, tout marchera comme sur des roulettes.

La lampe s'est éteinte et je crois qu'il vaut mieux que je m'arrête.

Jeudi 30 décembre 1943

Je ne trouve toujours pas Tips. Aujourd'hui, je l'ai cherchée toute la journée – et hier aussi. J'ai regardé dans chaque étable, dans chaque abri. Grand-père a rouvert la maison pour moi et je suis allée dans chaque pièce, et dans le grenier aussi. J'ai inspecté tous les placards, au cas où elle aurait été enfermée dedans par mégarde. Grand-père est même monté sur une échelle pour regarder sous les combles. J'ai arpenté les champs en tapant sur son écuelle avec une cuiller, en l'appelant, et en l'appelant encore, puis en tendant l'oreille. Je n'entendais que les cris des corneilles, le bruit du vent dans les arbres, et le grondement du moteur d'un tracteur, au loin. Après avoir fini de mener les vaches et les moutons sur le chemin qui conduit chez oncle George, ils sont tous venus m'aider. Mme Blumfeld est partie fouiller le village à bicyclette, avec Barry sur son porte-bagages. Ils n'ont pas vu Tips, mais un tas de Yankees. Ils ont raconté qu'il y en avait partout, en camion, en Jeep et quelques-uns aussi dans des tanks.

Mam me répète de ne pas m'inquiéter. Grand-père affirme que les chats ont neuf vies, que Tips réapparaîtra comme elle le fait toujours, et c'est vrai qu'elle l'a toujours fait. Mais je m'inquiète. Je n'arrive plus à penser à rien d'autre qu'à Tips. Elle est quelque part dehors, dans le froid humide, affamée, perdue, et je n'ai plus qu'un seul jour pour la retrouver avant que la ferme ne soit condamnée. Je vais me lever tôt demain matin. Barry dit qu'il viendra avec moi. Il dit que nous regarderons absolument partout, jusqu'à ce qu'on la trouve. Je ne rentrerai pas chez l'oncle George avant de l'avoir récupérée.

Notre ferme m'a paru étrange quand j'y suis revenue aujourd'hui, si vide, si silencieuse : une ferme fantôme, une maison hantée.

Reviens, Tips ! Il faut que tu sois là demain. Reviens, s'il te plaît ! C'est notre dernière chance.

Vendredi 31 décembre 1943

J'espère ne jamais revivre une journée pareille. Je crois que je savais depuis le début que je ne la trouverais pas. Il y avait trop de gens qui la cherchaient – je savais que ça ne ferait que l'effrayer, l'éloigner, et c'est ce qui s'est passé. S'il n'y avait eu que Barry, mam, grand-père et moi, nous l'aurions peut-être vue revenir. Tips nous connaît.

Ce n'était pas sa faute. Mme Blumfeld voulait seulement nous aider, mais elle est allée raconter à tout le monde que Tips était perdue, et elle a ramené pratiquement tout le village avec elle. Elle était là dès l'aube, pour organiser les recherches. Des Yankees sont venus aussi, par dizaines, tandis qu'Adie et Harry leur montraient où chercher. Ils ont passé la ferme au peigne fin : chaque étable, mangeoire, tous les recoins des champs, les bords de la rivière. Ils sont allés jusqu'à fouiller le bois de jacinthes, la carrière abandonnée. Je les ai accompagnés, en essayant tout le temps de les inciter à faire moins de bruit, à se contenter de regarder où elle pouvait être sans l'appeler. Mais c'était inutile. Je les entendais dans toute la ferme taper sur des ustensiles en fer-blanc, crier son nom, essayer de l'attirer.

Une pluie fine est tombée toute la matinée, et l'après-midi, une brume est venue de la mer. Elle a déferlé sur les champs et a recouvert toute la ferme d'un épais brouillard, au point qu'on ne pouvait pas voir à plus de quelques mètres devant soi. Il était devenu impossible de continuer à chercher Tips. Nous avons écouté, espérant l'entendre, mais il n'y avait rien à entendre. Même les corneilles s'étaient tues. Je crois que j'ai eu plusieurs crises de larmes tout au long de la journée, à mesure que les heures passaient et que l'espoir diminuait. Barry continuait à me dire qu'il était sûr qu'on la retrouverait tôt ou tard, ce qui a fini par m'énerver, et je me suis mise en colère contre lui, alors que je n'aurais jamais dû. Il essayait simplement de me remonter le moral, d'être gentil. L'ennui, avec lui, c'est qu'il essaie toujours d'être gentil. Oncle George s'est contenté de lâcher qu'un chat est un chat, et que je peux en avoir d'autres, ce qui ne m'a pas vraiment aidée.

Il faisait presque nuit lorsque l'un des Yankees avec des galons à l'envers sur le bras a déclaré qu'il était désolé mais qu'ils avaient reçu l'ordre de condamner cet endroit, et que nous devions partir. Adie est venu vers moi, et m'a donné du chocolat.

– Tiens, une tablette Hershey, ça s'appelle. Tu te sentiras O.K., avec ça. Et te fais pas de bile, Lily. Je peux rien te promettre, mais si ce vieux chat est toujours vivant, on finira bien par le retrouver. Ça, tu peux en être sûre. Te fais pas de bile, Lily, O.K. ?

Ils ont fermé les barbelés derrière nous, nous coupant de notre maison et de Tips. Je me suis promis, en les regardant faire, de revenir et de la trouver. Je le ferai vraiment. J'ai donné la moitié de ma tablette Hershey à

Barry pour me faire pardonner d'avoir été méchante avec lui, et nous l'avons mangée avant de revenir chez oncle George. Adie avait raison. Ça m'a remonté le moral, mais je crois que c'était surtout parce que j'en ai donné la moitié à Barry.

Je tousse beaucoup, j'ai chaud et je suis toute moite. Je me sens comme ça depuis que nous sommes rentrés. Mam dit que j'ai pris froid et que je devrai rester couchée demain, sinon, ça deviendra une bronchite. J'ai détesté la journée d'aujourd'hui, j'en ai détesté chaque horrible minute – sauf le moment où Adie m'a donné la tablette de chocolat. Le seul espoir qui me reste, c'est que peut-être, peut-être seulement, Adie et Harry arrivent encore à retrouver Tips. J'ai le sentiment que c'est possible. Je ne sais pas pourquoi. Une chose est sûre, cependant : s'ils ne la retrouvent pas, je me faufilerai sous les barbelés et j'irai la chercher moi-même, quoi qu'en disent les soldats. Ils peuvent mettre tous les barbelés qu'ils veulent. Ils peuvent tirer tous les obus qu'ils veulent. Rien ne m'empêchera d'y aller. Je n'abandonnerai jamais Tips. Jamais.

Mercredi 12 janvier 1944

C'est la première fois que j'ai de nouveau envie d'écrire mon journal. Mam avait raison, j'ai attrapé froid le jour où nous sommes tous allés chercher Tips, et c'est devenu une bronchite. Mam m'a dit que j'ai eu quarante de fièvre pendant près d'une semaine, et qu'il a fallu appeler le docteur parce que je commençais à délirer. Il ne faudrait pas croire que je délirais de joie – pas du tout. Je n'avais plus ma tête à moi. D'ailleurs, je ne me souviens pas de grand-chose, mais de quelques moments seulement au cours de ces derniers jours. Je me souviens de Barry après la classe qui me racontait comment était la nouvelle école de Kingsbridge, et me rapportait des cartes où Mme Blumfeld et d'autres élèves de la classe me souhaitaient un prompt rétablissement. Je me rappelle m'être réveillée et avoir vu mam et grand-père qui me regardaient, assis dans le fauteuil, ou endormis, selon les moments. De temps en temps, j'entendais des murmures au rez-de-chaussée, et l'oncle George qui se mouchait comme une corne de brume.

Je vais beaucoup mieux, maintenant, mais mam dit que je ne dois pas sortir pendant encore une semaine au moins. Ce sont les ordres du docteur, prétend-elle, mais je crois que ce sont surtout ses ordres à elle. Elle devient toujours très sévère avec moi, féroce même, quand je tombe malade. Elle m'a donné de la soupe, puis s'est assise et m'a regardée, pour être sûre que je finirais mon assiette. Elle me donne aussi des pommes cuites chaque jour et il faut que je boive des quantités de lait chaud avec du miel dedans. Elle sait que je déteste le lait. Mais maintenant, elle a une bonne excuse pour m'obliger à en boire.

– Ça te redonnera des forces, Lily, dit-elle. Bois !

Et elle reste dans la chambre jusqu'à ce que je le fasse.

Quant à Tips, toujours aucune nouvelle d'elle. Personne n'est plus allé la chercher, bien sûr. Mais je n'ai pas abandonné. Je garde l'espoir qu'elle est en bonne santé, et qu'elle reviendra un jour. C'est une bonne chasseuse, elle peut se débrouiller toute seule. Elle connaît des endroits chauds où se réfugier. Je m'efforce d'espérer et de croire qu'Adie finira par la retrouver. Mais quand j'y repense, je sais qu'il n'y arrivera pas. Je ne peux pas m'empêcher d'imaginer Tips étendue morte dans un fossé. J'essaie de me débarrasser de cette pensée. J'essaie très fort. Dès que j'irai mieux, je partirai à sa recherche. Je me suis promis de le faire, et je le ferai.

Aujourd'hui, mam est venue me lire une lettre de papa. Je ne l'ai pas vu depuis si longtemps que j'ai du mal à revoir son visage dans ma tête. J'ai essayé de réentendre sa voix pendant qu'elle me lisait sa lettre, mais j'en étais incapable. Il dit qu'ils ont mangé du *corned beef* et des pommes de terre en boîte pour le repas de Noël, qu'ils se sont mis des chapeaux en papier journal, ont chanté des cantiques et pensé à leur maison. Dans sa lettre, il avait l'air très triste, très loin de nous. Lorsque mam a fini de lire, elle aussi était triste. Je savais qu'elle avait envie de pleurer, mais elle s'est retenue.

Mercredi 19 janvier 1944

J'avais tout préparé depuis plusieurs jours, tout mis au point, et rassemblé mon courage pour le faire. Et aujourd'hui, je me suis lancée. Mais ça n'a pas du tout marché comme je l'avais prévu.

Je deviens vraiment douée pour le mensonge. J'ai raconté à mam que je voulais simplement sortir prendre l'air, que je n'en pouvais plus d'être enfermée. Je l'ai harcelée sans arrêt, jusqu'à ce qu'elle cède. Mais, a-t-elle précisé, uniquement parce que c'était une belle journée ensoleillée. Elle m'a emmitouflée comme si j'allais au pôle Nord – gants, chapeau, écharpe, manteau, toute la panoplie –, elle m'a recommandé d'éviter les endroits où le vent souffle, et j'ai dû lui promettre que je serais revenue une heure plus tard. J'ai promis... mais en même temps je croisais les doigts.

Il n'a pas été très difficile de franchir les barbelés. Personne n'était là pour me voir. Je me suis faufilée, et j'ai traversé le champ jusqu'à la ferme, en me cachant derrière les haies, pour rester hors de vue de la maison d'oncle George. La ferme semble si vide, si abandonnée : pas de poules qui grattent le sol un peu partout, pas d'oies sur l'étang. J'ai appelé Tips aussi fort que je le pouvais dans cette situation. J'ai exploré tous les endroits où elle aurait pu se cacher : le grenier, l'étable, la salle de traite, la porcherie. Soudain, je me suis rappelé que l'un des endroits où Tips préférait dormir, c'était là-haut dans la grange. J'ai traversé la cour déserte de la ferme et j'étais en train de monter à l'échelle qui mène au fenil, quand j'ai entendu des voix à l'extérieur. Ils devaient être deux, et américains. C'est alors que j'ai été prise d'une envie d'éternuer impossible à réfréner. Je n'ai pas pu me retenir. Je pense que je n'ai jamais éternué aussi fort de ma vie.

Je ne savais plus quoi faire. Je me suis couchée dans le foin, je m'en suis entièrement recouverte, et j'ai essayé de ne pas respirer. Je les ai entendus venir dans la grange, je les ai entendus monter à l'échelle. Puis il y a eu un silence pendant quelques instants. Je commençais à croire que j'étais sortie d'affaire, quand soudain j'ai été attrapée par mes bottes, et sortie du tas de foin. Adie et Harry me regardaient, stupéfaits.

– *Damned !* Lily ! s'est exclamé Adie en repoussant son casque en arrière. Regarde un peu qui voilà, Harry ! Ma parole, t'es venue chercher ton chat, je me trompe pas ?

J'ai acquiescé d'un signe de tête.

– Et pourquoi tu veux faire ça ? Je t'ai pas dit qu'on allait la trouver ? Je te l'ai pas dit ? Je te l'ai pas dit ? Tu me crois pas alors ?

Son visage est devenu tout à coup très grave.

– Il faut que tu me promettes quelque chose. Il faut que tu me promettes que jamais tu reviendras ici. Il faut que tu fasses ce que je te demande, Lily, sinon tu vas avoir de sacrés ennuis. Tu pourrais te faire mal, très mal, tu m'entends ? Ça vaut pas le coup, pas pour un chat, ça vaut vraiment pas le coup. Bientôt ici, ce sera vraiment dangereux, tu sais. Il faut pas que tu mettes les pieds dans le coin. Tu dois me le promettre, maintenant.

Il était vraiment en colère contre moi. Je lui ai donc promis. Ils m'ont aidée à descendre l'échelle et nous avons traversé la cour de la ferme en courant, nous sommes passés devant la maison, puis dans les champs, jusqu'à ce qu'on arrive à la clôture de fil barbelé. Adie ne m'a pas lâché la main pendant tout le trajet. Je me suis glissée à travers la clôture.

– Tu reviens jamais de l'autre côté des barbelés ! m'a ordonné Adie. Tu restes où tu es, Lily. Et va pas t'inquiéter. On le trouvera ce vieux chat, c'est une promesse que je te fais, pas vrai, Harry ?

– Une promesse pour de bon, a répondu Harry.

Ensuite, ils sont repartis, et je les ai regardés s'éloigner jusqu'à ce que je ne puisse plus les voir.

Mam m'attendait sur le pas de la porte. Elle avait mis son manteau, et s'apprêtait à aller me chercher.

– Regarde dans quel état tu es ! s'est-elle exclamée, en enlevant d'un geste de la main le foin qui était resté sur mon manteau. Où étais-tu ?

– Dans la grange, ai-je répondu.

Et ce n'était pas un mensonge, n'est-ce pas ?

J'ai passé une journée grandiose, bien que je n'aie pas retrouvé Tips. Je devrais être triste, mais je ne le suis pas. Je repasse sans arrêt cette journée dans ma tête, j'en revis les meilleurs moments. Je ne dormirai pas cette nuit. Je sais que je ne pourrai pas.

Lundi 24 janvier 1944

Retour à l'école. Les autres sont rentrés depuis longtemps, bien sûr, ce qui fait qu'ils se connaissent tous, sauf moi. Mes amis de notre ancienne école se sont déjà fait un tas de nouveaux amis à l'école de Kingsbridge, que je ne connais pas, et personne ne semble très content de me voir. Je me serais sentie mise un peu à l'écart, si Barry ne m'était pas resté aussi fidèle. Il m'a montré les nouveaux locaux, il m'a montré où il fallait se mettre en rang, où accrocher mon manteau. Ça faisait drôle d'être guidée par un garçon de la ville. Mais je ne considère plus Barry comme un garçon de la ville, plus vraiment. Il n'a pas arrêté de parler de Tips à tout le monde, de raconter à quel point j'avais été malade, et pour finir, tout le monde a été gentil avec moi. Je vais me promettre quelque chose. À partir de maintenant, je ne serai plus jamais méchante avec Barry, même s'il m'énerve. Il a été vraiment sympa, aujourd'hui. Pendant la récréation, quelqu'un l'a pris pour mon frère, ce qui ne m'a pas gênée du tout. Ça m'a même plutôt fait plaisir, et je l'ai laissé dire.

Je suis dans la classe de Mme Blumfeld, ce qui est grandiose. Nous avons eu un cours sur l'Amérique, sur tous les États représentés par des étoiles sur le drapeau. Elle nous a appris qu'ils ont un président au lieu d'un roi. Elle dit que c'est un pays immense, bien plus grand que l'Angleterre, avec des grands lacs énormes aussi grands que l'Angleterre, avec des montagnes très hautes qu'on appelle les Rocheuses, qu'il y a des prairies, des déserts, et des canyons aussi. Elle n'a pas expliqué ce que sont les canyons. Elle a dit que les Américains jouent au base-ball et pas au cricket, et nous a parlé de tous les peuples différents qui sont allés s'installer là-bas depuis le monde entier, pour y chercher un endroit où vivre, chercher la liberté, et essayer de faire un nouveau pays. Et maintenant, a-t-elle ajouté, ils ont retraversé l'Atlantique pour nous aider à gagner la guerre contre Hitler. J'aimerais bien aller là-bas, un jour. Je vais demander plus de renseignements à Adie lorsque je le reverrai. Je lui demanderai aussi ce que sont les canyons.

À l'heure du thé, oncle George est rentré dans la maison en tapant des pieds sur le sol et en disant qu'il neigeait vraiment fort dehors. Et c'était vrai. Le ciel était plein de gros flocons qui tombaient sur mon visage, m'obligeant à fermer les yeux quand je levais la tête. Je les ai attrapés avec ma langue, et laissés fondre. Puis j'ai pensé à Tips dehors dans le froid, dans l'obscurité, et je me suis mise à pleurer – je n'ai pas pu m'en empêcher. Je l'ai appelée, appelée, jusqu'à ce que mam m'entende et me fasse rentrer à l'intérieur. Elle était furieuse que je sois sortie, puis elle a vu que je pleurais et elle est redevenue gentille. Elle m'a fait prendre un bain chaud, pour que je me réchauffe, ce qui était très agréable, et m'a donné un verre de lait brûlant avec du miel, ce qui n'était pas agréable du tout. C'était ré-pu-gnant. Pourquoi les vaches ne fabriquent-elles pas quelque chose de meilleur ? Comme de la citronnade, par exemple.

J'ai eu une idée. S'il continue à neiger ainsi, et que ça ne fond pas, il y aura des empreintes dans la neige. Demain, je pourrai peut-être trouver les traces des pattes de Tips, et les suivre jusqu'à ce que je la trouve.

P.-S. Je viens de me réveiller. Mam s'est déjà levée pour aller traire. Je regarde par la fenêtre pendant que j'écris. C'est le matin tôt, il fait encore nuit, mais tout est blanc à cause de la neige. Elle semble fraîche et nouvelle, comme si le monde venait d'être créé. Je vois mam qui marche vers la salle de traite, en laissant ses empreintes derrière elle dans la cour. Elle souffle sur ses doigts. Je vois sa respiration dans l'air. J'ai pensé à quelque chose d'autre : si Tips laisse ses empreintes dans la neige, j'y laisserai forcément les miennes aussi. Et si je les laisse, quelqu'un peut les trouver, voir que je suis passée sous les barbelés et me suivre. Ça ne va pas. Il faut que je trouve une autre idée. Autant me rendormir. Je suis fatiguée.

P.-P.-S. Je suis de nouveau réveillée. Je viens de rêver de Tips, et le plus curieux, c'est que ce rêve s'est réalisé, d'une certaine façon. Je veux l'écrire tout de suite, avant de l'oublier. J'ai rêvé qu'elle nous cherchait dans la neige, qu'elle trouvait le moyen d'entrer par la fenêtre de la cuisine, qu'elle montait l'escalier, poussait la porte, sautait sur mon lit, et ronronnait contre mon oreille. Quand je me suis réveillée, je me suis sentie folle de joie, parce que mon rêve s'était réalisé. Je sentais sa chaleur contre mon visage. Elle était revenue, elle ronflait à mon oreille ! Alors je me suis réveillée pour de bon, et ce n'était pas elle du tout. C'était le chat d'oncle George. Il est toujours là, et me regarde de ses grands yeux jaunes. Si seulement c'étaient les yeux de Tips ! Le chat d'oncle George voudrait que je l'aime. Mais je ne peux pas.

Peut-être que Tips ne reviendra plus jamais. Pour la première fois, je commence à penser qu'il n'est pas impossible qu'elle ait disparu pour toujours. Je dois chasser cette pensée de ma tête. Je le dois. Quand la neige aura fondu, j'irai de nouveau la chercher jusqu'à ce que je la trouve. Elle est sûrement vivante, il faut qu'elle le soit. Si elle est en vie, elle doit chercher quelque chose à manger, n'est-ce pas ?

Quelle idiote ! Mais quelle idiote ! Comment n'y ai-je pas pensé avant ? Je vais piquer des restes dans le garde-manger. Personne ne s'en apercevra si je n'en prends pas beaucoup, et si je fais bien attention. Je mettrai la nourriture dans la grange de notre ferme. Je guetterai Tips, je l'attendrai. Elle aura faim. Elle viendra. Il faut qu'elle vienne.

Jeudi 10 février 1944

J'ai dû passer et repasser à travers les barbelés une bonne demi-douzaine de fois, maintenant, pour chercher Tips. La nourriture que j'avais déposée avait chaque fois disparu, mais je n'étais jamais présente au moment où Tips venait. J'étais absolument sûre que tôt ou tard j'aurais de la chance et que Tips arriverait pendant que j'étais là, pendant que je l'attendais.

Et puis aujourd'hui, le pire est arrivé. Je suis sortie comme d'habitude, après le thé, quand les autres donnaient à manger aux animaux. Personne n'était dans le coin. Comme d'habitude, la nourriture que j'avais laissée la veille dans le fenil avait disparu. J'en ai remis un peu, et j'ai attendu dans le grenier à foin, en espérant de toutes mes forces que, cette fois, elle viendrait pendant que j'étais là. C'est alors que le chien est arrivé en courant dans la grange, un énorme berger allemand, aussi grand qu'un loup. Il est allé droit sur la nourriture, l'a flairée. Il savait exactement où elle se trouvait. C'était donc lui ! C'était ce chien qui avait tout mangé à chaque fois. Peut-être que j'ai bougé. Peut-être qu'il a senti mon odeur. Je ne sais pas. Tout ce que je sais, c'est qu'il a levé les yeux et s'est mis à aboyer contre moi, à montrer les dents, les poils hérissés, le corps tremblant.

Puis il y a eu des bruits de voix, de gens qui couraient, et les soldats américains sont arrivés. Les yeux levés vers le grenier à foin, leurs fusils pointés dans ma direction, ils me hurlaient de descendre. Ils ne pouvaient pas me voir, mais ils savaient que j'étais là-haut. Ils continuaient à crier qu'ils allaient tirer si je ne descendais pas. Alors je suis descendue. J'espérais qu'Adie serait là, ou Harry, mais ce n'étaient pas eux. Ils étaient tout blancs. Le berger allemand semblait prêt à me dévorer, et après avoir descendu la moitié de l'échelle, je me suis arrêtée, attendant qu'ils le retiennent. L'un d'eux a dit :

– Nom d'une pipe, c'est une môme !

Ensuite, ils m'ont emmenée, m'ont flanquée à l'arrière d'une Jeep. Je leur répétais sans cesse que j'étais une amie d'Adie, mais ça ne paraissait pas du tout les attendrir. Ils n'étaient pas brutaux avec moi, mais pas vraiment gentils non plus. Ils m'ont dit qu'ils me

conduisaient chez le capitaine, et que j'étais dans les ennuis jusqu'au cou.

En deux temps trois mouvements j'ai été accompagnée chez le capitaine, un homme chauve assis derrière un bureau, qui a levé les yeux vers moi et m'a posé toutes sortes de questions : quel était mon nom, qu'est-ce que je faisais là-bas, où j'habitais. Je lui ai répondu et il a hoché la tête avec consternation, en me demandant si je ne savais pas que j'aurais pu être tuée. J'ai répondu non. Alors, il s'est mis en colère, a tapé sur la table, et m'a dit que je ne devais plus jamais, plus jamais, traverser les barbelés, compris ? J'ai dit que je comprenais, oui, mais que je voulais simplement retrouver Tips. Il m'a demandé qui était Tips, et je lui ai expliqué que c'était mon chat. Alors, il s'est exclamé :

– Jésus-Christ tout-puissant !

Et il n'aurait pas dû, parce qu'on n'est pas censé dire ça, sauf quand on prie, bien entendu. Il a aboyé un ordre, et un autre soldat est entré, puis a salué. C'était Adie. J'étais sacrément contente de le voir !

– Il paraît que vous connaissez cette enfant, soldat. C'est vrai ? lui a demandé le capitaine.

– Oui, mon capitaine, a répondu Adie, qui se tenait raide comme un piquet à côté de moi, et qui n'avait pas l'air du tout heureux de me voir.

– Elle jouait juste dans le coin, capitaine, comme le font les enfants. Elle pensait pas à mal.

Le capitaine a ordonné à Adie de me ramener chez moi, de mettre ma mère au courant, et de s'assurer que cela ne se reproduirait pas.

– Bien, mon capitaine, a dit Adie, et il a salué de nouveau.

Quand nous sommes sortis, j'ai souri à Adie pour le remercier d'être venu à mon secours, mais il ne m'a pas rendu le moindre sourire. Il m'a emmenée en silence jusqu'à la Jeep et a conduit pendant tout le trajet sans dire un mot. En arrivant près du portail de la ferme, il a coupé le moteur, hors de vue de la maison.

– T'es cinglée, comme fille, tu sais ça ?

Il a allumé une cigarette, son visage a brillé dans le noir, et j'ai vu qu'il était réellement en colère contre moi.

– Voilà ce qu'on va faire, Lily. Je dirai rien à ta mère, si tu me promets que tu recommenceras pas. Mais tu dois promettre en le pensant vraiment.

– Je promets, lui ai-je dit, mais je ne le pensais pas vraiment.

– Maintenant, écoute-moi bien. Je cherche, Harry cherche. On le trouvera ton chat. Je te l'ai pas déjà dit ? Je te l'ai pas déjà dit ? Mais si tu vas rôder là-bas, je te préviens, ou tu sauteras sur un obus et tu te retrouveras en morceaux, ou ils te reprendront. Je suis sérieux, maintenant. Y a des patrouilles toute la journée, là-bas, et tous les jours. Ils te prendront, Lily. Tu pourras pas y échapper. Et pas moyen que je te sauve la peau, cette fois.

Il m'a dit que je pouvais partir, et je suis sortie de la Jeep. Il m'a regardée un moment, pendant que je restais là, et il a secoué la tête.

– T'es exactement comme mes petites sœurs. Des ennuis. Rien que des ennuis. Et aussi têtue qu'une mule. J'ai su que t'apporterais que des ennuis, dès que je t'ai vue. Maintenant, tu fais ce que je te dis. Tu es sage, tu écoutes.

Puis il a démarré, et m'a laissée là.

Je crois qu'Adie sait que je ne vais pas être sage. Il sait que je retournerai là-bas pour chercher Tips. Et j'irai, c'est sûr, parce que maintenant j'ai compris ce qui a empêché Tips de sortir de sa cachette et de manger les restes que je lui apportais. C'est ce chien de garde américain, ce berger allemand. Je sais ce que je vais faire. Je me réveillerai tôt, j'attendrai que mam aille traire les vaches. Personne ne me verra, enfin, j'espère. Il fera encore nuit à cette heure, et ça ne devrait pas être très risqué si je ne mets pas trop longtemps. En plus,

Tips aime aller chasser quand il fait nuit. Elle se cache probablement pendant la journée, terrifiée par ce chien de garde. Et je la comprends ! C'est sûrement à cause de lui que je ne l'ai pas trouvée une seule fois. Mais maintenant, ça va changer. Elle sortira dans l'obscurité, je sais qu'elle le fera. Je te retrouverai, Tips, je te le promets.

J'ai vraiment envie de raconter à quelqu'un tout ce qui m'est arrivé aujourd'hui. Je pense que Barry est le seul à qui je puisse le dire. Personne d'autre ne me croirait. Peut-être que je lui en parlerai demain.

Vendredi 11 février 1944

Je n'ai pas besoin d'en parler à Barry. Il sait déjà tout.

Voilà comment : je me suis levée tôt ce matin, pendant qu'il faisait encore nuit, exactement comme je l'avais décidé. Il n'y avait personne dans les environs. J'entendais les vaches meugler dans l'étable, tandis que je traversais la cour à toute vitesse, et la voix de mam qui leur chantait des chansons. Elle aime chanter pour elles, quand elle les trait. Elle pense que ça les rend heureuses, et elle veut qu'elles soient heureuses pour qu'elles donnent plus de lait. Je me suis faufilée entre les fils barbelés, à l'endroit habituel, hors de vue de la ferme, et j'ai couru à travers champs. Au bout d'un moment, je me suis arrêtée pour reprendre mon souffle, appeler Tips, et écouter. C'est alors que j'ai entendu une sorte de halètement derrière moi. J'ai cru que c'était encore ce chien de garde qui se précipitait vers moi dans le noir, et je me suis sentie paralysée de peur. Mais ce n'est pas le chien qui est sorti de l'obscurité. C'était Barry, et il était furieux contre moi ; je ne l'avais jamais vu dans une colère pareille. Il m'a attrapée par le bras et m'a secouée. Il a dit qu'il savait que je mijotais quelque chose. Il s'était levé pour aller traire les vaches avec mam, et m'avait vue m'enfuir en courant. Il m'a crié :

– Mais tu te rends compte de ce que tu fais, Lily ? C'est dangereux. Tu ne devrais pas être là. Ce sera bientôt un champ de bataille, ici. Avec de vraies munitions, Lily, des obus, des bombes, des balles. Il y a des panneaux partout. DANGER – TIRS À BALLES RÉELLES. Tu ne sais pas lire ? Tu n'as pas le droit d'être là !

Puis il s'est tu et m'a lâché le bras.

– Tu es déjà venue ! Tu es déjà passée plusieurs fois à travers les barbelés, n'est-ce pas ? a-t-il repris. Tu cherches Tips, c'est ça ?

Quand je me suis mise à pleurer, il m'a fait asseoir au pied de la haie. Alors, je lui ai tout raconté, tout sur Adie et Harry, tout sur hier, je lui ai dit que j'avais cherché Tips encore et encore sans jamais la trouver, mais que j'étais sûre qu'elle était vivante. Barry est resté silencieux un moment, il arrachait simplement des brins d'herbe.

– Tu ne le diras pas, n'est-ce pas ? lui ai-je demandé.

– Bien sûr que non. Tu me prends pour qui ? Mais il faut sortir d'ici. Et tout de suite !

– Encore un petit coup d'œil, un seul. S'il te plaît, Barry. Peut-être qu'elle nous attend, juste en ce moment. S'il te plaît !

Je savais qu'il accepterait, et il a accepté.

Tandis que nous traversions les champs ensemble, la lune semblait flotter sur la mer. Il y avait beaucoup de bateaux dans la baie, plus que d'habitude. Malgré le clair de lune, le ciel était plus sombre au-dessus de la mer que vers les collines, derrière la ferme, là où l'aube se levait. Pas encore de soleil, mais le commencement gris d'un jour nouveau. Tout était silencieux. Nous avons escaladé le portail et avons commencé à attendre. Nous l'avons appelée, doucement au début, puis un peu plus fort, et enfin aussi fort que nous pouvions nous permettre de le faire. Aucune réponse, aucun cri dans la nuit, seul un silence vide, un silence inquiétant. C'était étrange, parce que le silence semblait attendre qu'il arrive quelque chose et, lorsque c'est arrivé, je n'ai pas été aussi surprise que j'aurais dû l'être.

Soudain le ciel s'est rempli de violents éclairs orange et jaunes le long de l'horizon, puis un terrible rugissement a été suivi par une série d'énormes explosions : sur la plage,

dans le village, et ces explosions se rapprochaient de plus en plus de nous. Je sentais le sol trembler sous mes pieds. Barry m'a prise par la main et nous nous sommes mis à courir, à courir comme des fous. Mais nous avions beau aller le plus vite possible, les explosions semblaient nous rattraper. Je hurlais et hurlais encore. J'ai trébuché, et j'ai roulé par terre, Barry est tombé à moitié sur moi. Puis le bombardement s'est arrêté. Nous avons osé nous redresser et regarder autour de nous. Dans la faible lumière, j'ai vu des barges de débarquement avancer vers le rivage à travers la fumée, d'abord deux ou trois, puis des dizaines, tandis que les soldats sautaient dans l'eau et chargeaient vers la plage en tirant des coups de feu.

Barry m'a aidée à me relever et nous avons repris notre course. Nous avions l'impression de courir depuis des kilomètres et des kilomètres, mais nous ne nous sommes pas arrêtés avant d'arriver aux barbelés. J'avais tellement hâte de passer de l'autre côté que j'ai accroché mon manteau en me faufilant à travers, et que Barry a dû venir me dégager. Tandis que nous rentrions ensemble à la maison, je tremblais, j'étais incapable de parler, et j'avais du mal à respirer. En arrivant à la porte de derrière, avant d'entrer, Barry m'a fait promettre de ne plus jamais passer à travers les barbelés. Je le lui ai promis et, cette fois, je le pensais. Je le pensais vraiment. J'étais morte de peur. Je ne retournerai pas là-bas, je n'y retournerai plus, ni pour Tips, ni pour tout l'or du monde.

Pendant toute la journée, à l'école, nous n'avons pas arrêté de nous regarder, Barry et moi. Tout le monde parlait des feux d'artifice au-dessus de la mer, ce matin. Tout le monde les avait entendus, ou en avait entendu parler, mais nous, nous y *étions*. Mme Blumfeld a dit qu'il y en aurait probablement d'autres, et d'autres encore.

– Il faut qu'ils s'entraînent. C'est comme pour tout, les enfants. Si vous voulez faire quelque chose correctement, il faut vous entraîner. Et si nous voulons qu'ils gagnent la guerre, si nous voulons vraiment que l'Europe retrouve la liberté, alors nous voulons qu'ils s'entraînent autant qu'il le faudra, n'est-ce pas ?

Le chat d'oncle George est revenu sur notre lit. Il croit prendre la place de Tips. C'est peut-être vrai, mais seulement sur mon lit, pas dans mon cœur.

Jeudi 24 février 1944

Mme Blumfeld avait raison. Les Yankees s'entraînent pratiquement tous les jours, à présent. On entend presque tout le temps les sifflements, les grondements, les explosions des bombes au loin. Je remontais le chemin avec Barry après l'école, aujourd'hui, quand je les ai de nouveau entendus. Ce n'était pas assez près de nous pour que la terre tremble, pas comme avant. Mais nous étions assez près pour entendre le crépitement des coups de feu et, d'après Barry, il devait plutôt s'agir de mitrailleuses pour que les coups soient si rapprochés. J'avais l'impression d'entendre un orchestre de guerre. C'était loin, mais effrayant quand même, et le plus étrange c'est que les oiseaux se sont mis à chanter en même temps. On dirait que ça ne leur fait pas peur du tout.

Vendredi 3 mars 1944

C'est comme un miracle. Nous étions assis dans la cuisine en train de prendre notre thé, lorsque nous avons entendu une voiture dehors. Le chien d'oncle George devenait fou. Mam a dit d'aller voir qui était là. Le temps de sortir, le chien d'oncle George s'attaquait déjà aux pneus, les mordait et essayait de les déchirer. C'était une Jeep. Adie était à l'intérieur avec Harry. Je les voyais pour la première fois sans leur casque sur la tête. Ils semblaient encore plus jeunes, d'une certaine façon, on n'aurait pas dit des hommes comme les autres soldats. Plutôt des garçons.

– Y a quelque chose pour toi, Lily, a annoncé Adie, et son sourire ressemblait à un rire contenu. Quelque chose qui va te faire super plaisir.

J'ai cru que ce serait du chocolat ou un truc comme ça. Mais non. Harry est allé à l'arrière de la Jeep, et en a sorti une boîte en carton – une boîte qui miaulait ! Harry me l'a tendue en disant :

– Tu avais dit noir et blanc, c'est ça ? Nous avons trouvé celle-là qui se cachait dans le vieil hôtel de la plage. Elle est plus noire que moi, et plus blanche que toi. Elle griffe un peu, aussi.

Adie l'a sortie de la boîte et me l'a tendue.

– C'est bien celle que tu cherchais ?

Je l'ai immédiatement reconnue, à cause de ses yeux verts, de ses taches, de ses pattes blanches, et de son profond ronronnement quand je l'ai prise dans mes bras et l'ai serrée contre ma joue.

Je ne sais plus très bien ce qui s'est passé, ensuite. Je sais que je pleurais beaucoup, que j'embrassais Adie et Harry. Je sais qu'ils s'apprêtaient à repartir dans leur Jeep, quand mam est sortie. Quelques minutes plus tard, nous étions tous assis autour de la table de la cuisine. Adie, Harry, grand-père, oncle George, mam, Barry, moi, et Tips qui aiguisait ses griffes sur mes genoux. Nous n'avons jamais été aussi heureux qu'en prenant ce thé. Mam a sorti des scones, et de la crème fraîche épaisse qu'elle avait gardée pour dimanche. Adie et Harry n'avaient jamais mangé ce genre de petits pains avant. Barry s'est mis un peu de crème sur le nez, a essayé de la lécher avec sa langue et, n'y parvenant pas, il l'a essuyée avec le revers de sa main, avant de la lécher à nouveau. Nous avons tous éclaté de rire. Et personne n'a parlé de la guerre, même pas l'oncle George. Harry et Adie sont restés jusqu'à la tombée de la nuit.

J'ai accompagné Adie jusqu'à la Jeep, tandis que Tips montait sur mon épaule et s'accrochait à moi comme si elle ne voulait plus me lâcher.

– Lily, a-t-il dit calmement, y a d'autres chats, tu sais, des petits, toute une famille dans ce vieil hôtel. En les voyant eux, et en la voyant elle, je pense que ce sont ses petits. Ils sont peut-être trop vieux pour qu'elle les allaite, mais tu ferais bien de l'avoir à l'œil, sinon elle pourrait retourner les voir direct, tu comprends ? Elle est ici, maintenant. Garde-la ici.

Il s'est arrêté à côté de la Jeep et a caressé Tips sur la tête.

– J'ai passé le meilleur moment, Lily, le meilleur moment depuis que je suis parti de chez moi.

Alors, je lui ai demandé :

– Quand vous sortez dans les bateaux et que vous faites ces débarquements, est-ce que c'est dangereux ?

Il a laissé passer quelques minutes avant de répondre :

– Ils tirent des vrais trucs, au-dessus de nos têtes, alors c'est forcément dangereux. Mais c'est pour qu'on s'y habitue. Ils savent ce qu'ils font, j'imagine. Ce sera autrement plus sérieux quand on débarquera pour de bon en France, c'est sûr.

– Quand est-ce que vous irez ?

– Le plus tôt sera le mieux, a répondu Adie. On est venus pour ça, Lily, alors je voudrais bien qu'on s'y mette, qu'on en finisse et qu'on rentre chez nous.

Puis il est parti avec Harry. Je me suis aperçue trop tard que je ne l'avais même pas remercié.

Grand-père était assis, les pieds dans le four, ce soir, lorsqu'il s'est tourné vers moi et m'a dit :

– Lily, je n'aurais jamais cru m'entendre dire ça, mais ces Yankees chewing-gums sont des types bien. Des types vraiment bien.

Le chat d'oncle George ne s'est pas montré depuis que Tips est arrivée. Tips est la reine ici, maintenant. Elle a pris possession de toute la maison et de mon lit. En ce moment, elle est étalée sur mes pieds, et joue à sortir ses griffes en me regardant écrire. Elle ne me quitte pas des yeux. Adie a raison, elle a eu d'autres petits. Il y a déjà quelque temps, mais je le vois encore. J'espère simplement que ses chatons sont assez grands pour se passer d'elle. Je ne peux pas la laisser partir les retrouver, je ne peux vraiment pas. C'est trop bon de l'avoir de nouveau avec moi. J'ai l'impression de ronronner, de ronronner de bonheur.

J'ai réfléchi. La prochaine fois que je verrai Adie, je lui demanderai de ramener aussi les chatons de Tips à la maison. Comme ça, elle pourra être aussi heureuse que moi. Et elle n'aura plus envie de courir les retrouver, n'est-ce pas ?

Mardi 7 mars 1944

Tips a de nouveau disparu. C'est la faute de Barry. Il a laissé la porte de derrière entrouverte en allant chercher du bois. Je l'avais pourtant prévenu. J'avais prévenu tout le monde qu'elle risquait de s'enfuir, que nous devions veiller à ce qu'elle reste bien à l'intérieur. Tips a dû se glisser dehors, derrière le dos de Barry, et depuis, nous ne l'avons pas retrouvée. Barry dit qu'il n'est sorti que quelques instants. J'essaie de ne pas lui en vouloir, mais je lui en veux quand même, au fond de moi. Il aurait dû faire attention.

Je suis plus énervée que démoralisée. Au moins, maintenant, je sais où elle a dû aller : elle est probablement retournée voir ses chatons à l'hôtel. Au moins, je sais qu'elle est vivante. Dès que je pourrai, j'en parlerai à Adie, et il pourra aller la rechercher là-bas, avec ses petits, cette fois. Il le fera pour moi, je sais qu'il le fera.

Aujourd'hui aussi, c'était une très belle journée, avec un ciel bleu et une mer bleue, très bleue. Il y a des primevères partout en bas des haies et des chélidoines aussi. Pourquoi les choses tristes arrivent-elles quand les journées sont si belles ? Et Barry est malheureux aussi, parce qu'il pense que je suis en colère contre lui. Je ne lui en veux pas vraiment, pas trop en tout cas. Je ferai la paix avec lui demain. Nous avons entendu plus d'explosions que d'habitude aujourd'hui, dont une énorme qui a secoué toute la maison. J'espère qu'Adie et Harry vont bien.

Mercredi 8 mars 1944

Quelqu'un l'a dit d'abord dans le car scolaire ce matin. Je ne pouvais pas y croire. Je ne voulais pas y croire, mais Mme Blumfeld a confirmé que c'était vrai. L'hôtel de Slapton Beach a été soufflé par une explosion hier, réduit en miettes par un exercice de débarquement. Elle dit qu'il ne reste plus que des décombres. Barry a cueilli des primevères pour moi en revenant à la maison cet après-midi. S'il croit que ça peut me rendre un peu plus gaie, il se trompe. Cette fois, je sais que je ne reverrai pas Tips. Ce n'est même plus la peine d'espérer. Plus maintenant. Elle a eu ses neuf vies, je suppose, mais ses chatons ? Je ne peux même pas pleurer. Je suis trop triste. Le chat d'oncle George est entré dans la maison il y a quelques minutes. Il sait peut-être ce qui s'est passé, et il essaie d'être gentil. Je l'ai fait sortir. Je ne veux pas d'autre chat, plus jamais.

Mercredi 15 mars 1944

Ce matin, mam a annoncé qu'elle avait une grande surprise pour moi. J'ai cru qu'elle essayait simplement de me remonter le moral. Quand elle a dit qu'aujourd'hui, nous pouvions ne pas aller à l'école, Barry et moi, j'ai compris qu'il se préparait quelque chose. Ensuite, elle a cuisiné un vrai déjeuner du dimanche, bien que ce ne soit pas dimanche, avec du poulet rôti et du crumble aux pommes. Elle avait dressé la table, sorti sa plus belle porcelaine et sa meilleure nappe. Elle s'était bien coiffée, avait mis de la poudre et du rouge à lèvres. Même oncle George ressemblait moins à un épouvantail que d'habitude. Il avait lissé ses cheveux et noué une cravate autour de son cou. Grand-père n'était pas là et personne n'a voulu me dire où il se trouvait. Mam m'a juste donné une petite tape sur le nez en me souriant d'un air mystérieux. Barry a prétendu qu'il savait de quoi il s'agissait, mais qu'il ne me le dirait pas. Alors j'ai fait comme si ça m'était complètement égal, ce qui l'a un peu attristé. Je n'aurais pas dû. Il essayait seulement de me laisser la surprise. Et quand la surprise est arrivée, elle était grandiose, vraiment grandiose !

Lorsque nous avons entendu les chiens aboyer dehors, j'ai su que ce serait Adie. J'en étais sûre. Je suis sortie de la maison en courant, mais ce n'était pas une Jeep américaine. C'était une voiture, la vieille Ford de grand-père, toujours recouverte de poussière à force d'être restée dans la grange. Un homme me saluait de la main. Je n'arrivais pas à voir qui

c'était, au début. Puis il a ouvert la portière et est descendu de la voiture. Mais il ne portait pas d'uniforme américain. C'était un uniforme britannique, avec les galons dans le bon sens. Papa ! Papa avec son béret militaire ! Papa était revenu !

– *Hello,* Lil, a-t-il dit. Tu te souviens de moi ?

J'ai couru vers lui et nous nous sommes embrassés là, dans la cour de la ferme, avec le chien d'oncle George qui se faisait les dents sur les pneus de la voiture de grand-père. Puis mam est venue l'embrasser en versant des torrents de larmes, et même oncle George avait

l'air de pleurer, lui aussi, pendant qu'il serrait la main de papa. Quand j'ai cherché Barry des yeux, quelques minutes plus tard, pour le présenter, il avait disparu. Il est revenu pour le déjeuner, et s'est assis à côté de moi, mais il ne bavardait pas comme d'habitude, et ne mangeait pas beaucoup non plus, ce qui ne lui ressemblait pas. Le repas était délicieux. Papa a mangé comme s'il n'avait rien avalé pendant les deux ans où il était parti.

Il a déclaré dès le début qu'il ne dirait pas un mot sur l'Afrique, l'Italie, ni l'armée. Il voulait uniquement savoir ce qui s'était passé à la maison, à la ferme, au moment de l'évacuation, et comment nous nous étions débrouillés. Nous lui avons tout raconté sur notre déménagement, sur Adie et Harry, sur l'hôtel de Slapton Beach et sur Tips. Il m'a dit qu'il était vraiment désolé, et il m'a embrassée, ce qui était gentil de sa part, car je savais qu'il n'avait jamais beaucoup aimé Tips.

Il a essayé plusieurs fois de parler à Barry, mais Barry était devenu tout timide, silencieux, il n'ouvrait pas la bouche. Au bout d'un moment, il a demandé la permission de se lever, et il est sorti. Je n'arrivais pas à comprendre pourquoi il se conduisait comme ça, jusqu'à ce que maman le dise doucement à papa :

– Il a perdu son père. Dans l'aviation, au-dessus de Dunkerque, n'est-ce pas, Lil ?

Je me suis sentie si mal, si bête, de ne pas m'en être rendu compte avant. Mon père était revenu, mais celui de Barry ne reviendrait jamais. Je suis allée le chercher dehors, et je l'ai trouvé assis, en train de contempler la mer. Il n'avait pas envie de parler. Il n'avait même pas envie de me regarder. Mais il voulait bien que je reste, je l'ai senti. Je me suis assise à côté de lui, et nous sommes restés en silence un long moment, ce que seuls de vrais amis peuvent faire.

Barry s'est ranimé ce soir, mais je n'étais pas très contente parce que mam m'a dit que je devrais quitter notre chambre pour que papa puisse coucher là. Je vais dormir sur le divan du salon jusqu'à ce qu'il s'en aille. Il a cinq jours de permission. En fin de compte, ce n'est pas si mal, avec un peu de chance je me coucherai tard tous les soirs. Ils ne peuvent quand même pas m'envoyer au lit si je couche dans le salon ! En plus, ce qui est bien, c'est que je peux regarder le feu, et qu'il va me tenir chaud.

Je sais que je ne devrais pas dire ça. Je ne devrais même pas le penser. Mais quand papa est arrivé, et que j'ai vu que ce n'était pas une Jeep américaine, je me rappelle que j'ai été un peu déçue. Quand j'ai reconnu papa, j'étais heureuse mais, en même temps, j'étais triste, parce que ce n'était pas Adie. C'est mal, je le sais. Mais je suis contente que mon père soit revenu, qu'il soit vivant et en bonne santé. Il m'a tellement manqué ! Je m'en aperçois maintenant qu'il est à la maison. Nous sommes de nouveau une vraie famille. Il est plus maigre qu'avant, et il a perdu un peu de cheveux, mais je ne lui en parlerai pas. Ça ne lui ferait pas plaisir.

Lundi 20 mars 1944

J'ai dû dire au revoir à papa avant de partir à l'école, ce matin. Il nous a accompagnés, Barry et moi, jusqu'au bout du chemin qui arrive à l'arrêt du car. Barry avait mis son béret sur la tête. Il adore le béret de papa. Mon père était de nouveau en uniforme, c'était la première fois qu'il le remettait depuis son arrivée, et j'étais très fière de lui, devant les autres enfants. Il a trois galons sur le bras, ce qui signifie qu'il est sergent, et peut dire aux autres soldats ce qu'il faut faire. Je crois que je n'ai pas pleuré parce que j'étais encore plus fière que triste. Il m'a recommandé d'être sage.

– Je reviendrai bientôt, Lil. Veille sur ta mère pour moi, et sois gentille. La guerre sera finie avant même que tu le saches.

Barry lui a rendu son béret. Papa lui a ébouriffé les cheveux, et nous sommes montés dans le car. Nous sommes vite allés nous asseoir à l'arrière. Papa devenait de plus en plus petit au loin. Très vite, bien trop vite, il a complètement disparu. Alors je me suis mise à pleurer. Mais je regardais obtinément par la fenêtre pour que personne ne s'en aperçoive.

C'était étrange d'avoir papa de nouveau avec nous. On avait un peu l'impression qu'il n'y avait pas vraiment de place pour lui à la maison. Il a passé la plus grande partie de ses journées avec l'oncle George dans la ferme, à réparer les machines, et tout un après-midi à bricoler le moteur du tracteur avec Barry, qui adore avoir les mains pleines d'huile. Un jour il est allé boire au pub avec l'oncle George et les autres volontaires pour la défense du territoire, j'imagine que c'était pour fêter son retour, mais nous n'avons pas pu l'accompagner bien sûr, parce qu'on n'a pas le droit d'entrer dans les pubs. Au début, quand il est arrivé, mam était vraiment heureuse, mais après, je l'ai vue le regarder par la fenêtre de la cuisine, et je sais à quoi elle pensait. Au fur et à mesure que les jours passaient, et que la permission de papa approchait de la fin, nous pensions tous à la même chose. Nous ne riions plus comme avant. Nous savions que le moment où il repartirait approchait, et nous n'arrivions pas à profiter de sa présence autant que nous aurions dû. C'était comme une ombre au-dessus de nous. À présent, il est parti, et c'est comme s'il n'était jamais revenu. Je vais prier pour lui chaque nuit où il sera loin, et je vais commencer dès maintenant. Je ne veux pas y manquer une seule fois. Croix de bois, croix de fer, si je mens jc vais en enfer.

Mercredi 29 mars 1944

Quand nous allons à l'école, ces derniers temps, nous voyons de plus en plus de soldats. Ce sont des Yankees la plupart du temps, mais parfois ce sont aussi les nôtres. Ils avancent dans des camions, dans des tanks, ils marchent sur les routes. Ils installent des villages entiers de tentes un peu partout. Chaque fois que je rencontre un soldat noir, je regarde si ce n'est pas Adie ou Harry. Ça fait une éternité que je n'ai pas vu Adie. J'imagine qu'ils ont dû faire beaucoup plus d'exercices de débarquement. Je sais qu'il va bien parce que l'oncle George a dit qu'il l'avait aperçu hier en patrouille avec Harry le long de la clôture de fils barbelés. Oncle George les a invités à nous rendre visite quand ils pourront. J'espère qu'ils le feront. J'espère vraiment.

Jeudi 20 avril 1944

Aujourd'hui, c'était le jour du Grand Festin de Hot Dogs. C'est comme ça que j'ai envie de l'appeler.

Barry et moi revenions de l'école en courant sur le chemin. Nous faisions la course, et je gagnais, comme d'habitude, quand nous avons entendu une voiture arriver derrière nous. C'étaient Adie et Harry dans leur Jeep. Ils ont dit qu'ils venaient justement nous rendre visiste. Harry portait un bouquet de jonquilles. Ils nous ont fait monter dans la voiture, ce qui était déjà bien amusant, mais ce qui s'est passé ensuite, c'était GRANDIOSE.

Il y avait des saucisses, mais ils les appelaient hot dogs et ils en avaient apporté des dizaines. Je n'ai jamais vu autant de saucisses. Ils nous ont montré qu'il fallait simplement les glisser entre deux tranches de pain, et ajouter du ketchup, une sauce tomate qu'ils avaient apportée aussi. Nous avons fait un grand festin de hot dogs, tous ensemble dans

la cuisine, et au milieu de la table il y avait les jonquilles qu'Adie et Harry ont offertes à mam. Barry a dit que c'était le meilleur repas de sa vie. Il en a mangé six ! Il s'est barbouillé toute la figure de ketchup. Moi je n'ai pu en avaler que trois. Mais elles étaient grandioses !

Nous n'avons parlé de Tips qu'une seule fois, lorsque le chat d'oncle George est entré, s'est frotté contre ma jambe, espérant avoir une saucisse, lui aussi. J'ai raconté à Adie ce qui s'est passé, que Tips s'était enfuie, et que l'hôtel avait été soufflé par une bombe. Il était au courant pour l'hôtel, mais il m'a dit de ne pas m'inquiéter :

– Elle reviendra. Ce chat s'en sort toujours, aussi sûr que je m'appelle Adolphus T. Madison.

J'ai répondu que je n'étais plus aussi triste, parce que je n'avais plus tellement pensé à elle depuis que papa était venu à la maison. Et c'était vrai.

Tout le monde a beaucoup parlé de papa, et mam a dit à Harry et à Adie qu'elle ne savait pas où il se trouvait exactement, mais qu'il participerait peut-être au débarquement, lui aussi, quand il se produirait, et qu'ils se rencontreraient peut-être un jour en France. Nous avons tous levé notre verre à la victoire. Barry et moi buvions le soda qu'ils nous avaient donné, et qui est une sorte de citronnade américaine. C'est bon, mais pas aussi bon que notre citronnade. Et les adultes ont fait leurs vœux en buvant de la bière, un autre cadeau d'Adie et de Harry. Ils avaient tout apporté pour le festin de hot dogs – absolument tout.

Adie est si grand qu'il ne peut pas tenir debout dans le salon sans se cogner la tête. Il n'arrête pas de le faire, et de se moquer de lui-même. Et lorsque Adie rit, tout le monde rit. Ils ne nous ont pas seulement apporté des saucisses, mais un vrai moment de bonheur, aussi. Puis ils sont partis dans l'obscurité. Maintenant qu'ils ne sont plus là, la maison paraît vide et silencieuse. Barry a eu mal au cœur, mais il dit que ça en valait la peine.

Vendredi 28 avril 1944

Il y a eu un orage au-dessus de la mer, cette nuit. Ça m'a réveillée. Je me suis agenouillée sur mon lit et j'ai regardé les éclairs par la fenêtre. Mam a dormi comme une souche, les autres aussi, mais moi je l'ai entendu. Je ne l'ai pas inventé. Tips détestait les orages. Elle s'enfouissait sous les couvertures et se cachait. Mais moi, je n'en ai jamais eu peur, jusqu'à cette nuit. Ce n'est peut-être pas l'orage lui-même qui m'a effrayée, mais l'obscurité soudaine et le silence qui ont suivi. Je ne sais pas. J'ai espéré qu'Adie et Harry n'étaient pas dehors, en train de faire l'un de leurs exercices de débarquement.

À l'école, aujourd'hui, Mme Blumfeld nous a lu un livre qui se passait entièrement en Amérique. Ça s'appelait *La Petite Maison dans les grands bois.* J'aime beaucoup cette histoire, mais les personnages ne parlent pas du tout comme Adie et Harry, surtout quand c'est Mme Blumfeld qui lit.

La radio ne marche pas bien, de nouveau. On n'entend plus que des sifflements et des grésillements. Oncle George est vraiment énervé, mais il reste quand même là depuis le début de la soirée à essayer de l'écouter, en tapant dessus de temps en temps. Tout ce qu'il obtient c'est encore plus de sifflements et de grésillements. Avec Barry, on a attrapé un fou rire, quand il a imité l'air grognon d'oncle George, et mam nous a grondés.

Lundi 1er mai 1944

J'aurais voulu que ça n'arrive jamais, j'aurais voulu ne pas me réveiller ce matin. Au début, tout était parfaitement normal : petit déjeuner avec Barry et mam, départ pour l'école, leçons, récréation, déjeuner, leçons de nouveau, puis le car jusqu'à la maison. Nous sommes entrés dans la cuisine, et nous avons trouvé Adie, assis à table avec mam. J'ai tout de suite compris que quelque chose n'allait pas. Il a levé les yeux vers moi, comme s'il n'avait pas voulu que je sois là. Puis il a détourné le regard.

C'est mam qui nous a appris la nouvelle :

– C'est Harry, a-t-elle dit doucement. Adie est venu nous l'annoncer : il a été tué.

Quand Adie a parlé, sa voix était pleine de larmes.

– On nous a dit qu'il fallait la boucler, a-t-il commencé. Mais moi, je vais pas la boucler, y a pas de raison. On compte les morts par centaines, là-bas. Qu'est-ce qu'ils vont raconter à

leurs familles ? Moi je vais vous dire ce qu'ils vont leur raconter. Accident à l'entraînement, ou un truc comme ça. Mais moi j'y étais, et moi je le sais. Je sais ce qui s'est passé. Je l'ai vu de mes yeux. On pouvait pas se défendre, y avait pas moyen. Y avait personne là-bas pour protéger nos arrières, et ça, ça va pas. Ça va pas.

Il s'est mis à pleurer et n'a pu continuer. Alors, c'est mam qui a continué pour lui. Elle nous a expliqué qu'il y a trois jours, les soldats se trouvaient sur leurs navires, à quelques milles de la côte en attendant de s'entraîner de nouveau à débarquer à Slapton Sands lorsque, soudain, des bateaux allemands ont surgi. Les navires américains offraient une cible facile et ils ont été torpillés. Ils n'avaient aucune chance. Ils ont tous coulé. Des centaines d'hommes ont péri. Quelques soldats, comme Adie, ont été repêchés, mais Harry n'était pas parmi eux.

Mam lui a donné une tasse de thé, puis nous l'avons raccompagné au bout du chemin, Barry et moi.

– Je vais vous dire quelque chose, a-t-il commencé. Harry et moi, on parlait beaucoup. Un jour, on parlait de ce qu'on faisait ici, à se battre dans cette guerre de Blancs. Vous savez ce qu'il m'a dit ? Il m'a dit : « Je sais pourquoi je fais ça, c'est pour qu'on soit plus jamais les esclaves de personne, voilà pourquoi. On a eu notre liberté, et on laissera personne nous la prendre. On va la garder. » Voilà ce qu'il a dit. Mais, quand j'irai en France, je me battrai pour la liberté de personne. Je me battrai pour Harry, et ils auront intérêt à faire gaffe parce que, maintenant, je suis fou furieux, et je me battrai comme un fou.

En mettant son casque, il a essayé de sourire.

– Harry n'a plus de famille, au pays. La dernière fois qu'on est venus ici, il a dit que vous étiez les seuls Blancs qui l'ont traité comme une famille. Et maintenant, c'est exactement ce que je sens, moi aussi.

Adie s'est éloigné sans se retourner une seule fois.

Tandis que nous le regardions, j'avais envie de le rattraper en courant, de le serrer contre moi, de ne jamais le laisser partir. J'aurais voulu lui dire que je l'aimais et que je l'aimerais jusqu'à ma mort. Parce que c'est vrai. Je l'aime plus que les pastilles au citron, plus que les bonbons à la menthe, je l'aime plus que Tips, ou papa et maman, plus qu'eux tous à la fois. Et c'est la vérité.

En rentrant à la maison, j'ai cueilli une jonquille sur le chemin. Je l'ai mise dans mon journal à cette page. Comme ça, elle sera toujours là pour marquer le jour où Harry est mort, et le jour où pour la première fois j'ai compris que j'aimais Adie.

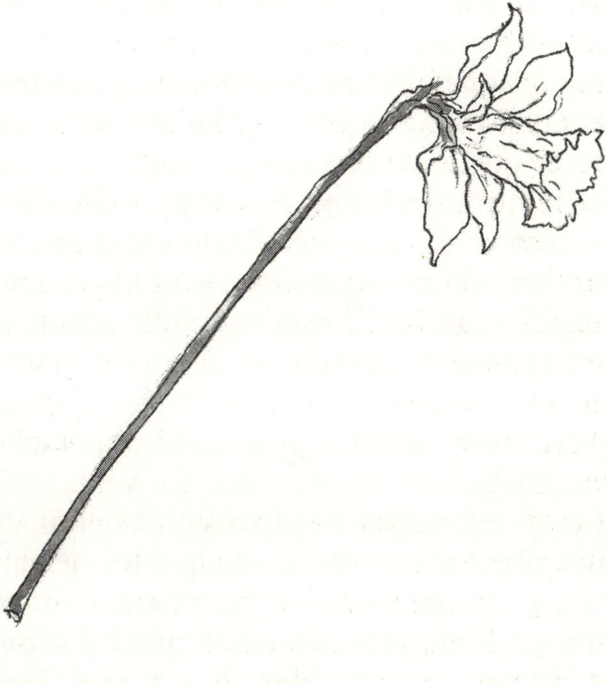

Mercredi 10 mai 1944

Adie n'est toujours pas revenu nous voir. Je l'attends, je l'attends chaque jour. Je me demande s'il va jamais revenir. Je me le rappelle sans cesse s'éloignant sur le chemin, et je me dis que c'est peut-être la dernière fois que je l'ai vu. Mme Blumfeld n'arrête pas de répéter que l'intervention militaire va avoir lieu bientôt, d'un jour à l'autre, « dès qu'il fera beau ». Il faut qu'ils attendent que le temps soit clair et calme. Aujourd'hui, la mer est agitée au large. J'espère qu'elle sera toujours agitée, et qu'Adie ne devra pas partir pour ce débarquement, qu'il restera à l'abri.

Avec Barry et Mam, j'ai aidé une vache à mettre bas, cet après-midi. Le veau était sur pied en moins de dix minutes. J'ai vu naître plusieurs veaux, et chaque fois je suis surprise : ils se lèvent et marchent tout de suite sur leurs pattes tremblantes ! Ce qui nous prend un an ou plus, ils le font en une heure.

Mam est un peu démoralisée. Elle n'a pas reçu de lettre de papa depuis qu'il est parti. Nous ne savons même pas où il se trouve. Nous pensons qu'il est encore en Angleterre, mais nous n'en sommes pas sûrs. Nous étions agenouillés là, dans le champ, à regarder le veau faire ses premiers bonds, et tomber, au grand amusement de Barry. Mais mam et moi restions sérieuses, la tête ailleurs. Si Barry n'avait pas été là, je crois que je lui aurais dit de but en blanc : « Je sais ce qu'on ressent, mam, quand on aime vraiment quelqu'un et qu'il nous manque. »

Je ne peux pas dire à Barry que j'aime Adie, c'est sûr, parce qu'il est trop jeune pour comprendre. Même s'il comprenait, ça lui ferait de la peine. Il ne me l'a jamais avoué, mais je sais qu'il veut que je sois sa petite amie. Je ne le serai jamais, et c'est pas maintenant que je vais commencer. Barry est plutôt comme un frère pour moi, comme un copain, un très bon ami. Avec Adie, c'est différent, complètement différent.

Samedi 20 mai 1944

Mme Turner, la mère de Barry (elle aime qu'on l'appelle Ivy), est à la maison. Mardi dernier, elle est tombée du ciel pour faire, comme elle a dit, une belle surprise d'anniversaire à Barry. Son anniversaire est après-demain. Pour une surprise, c'était une surprise ! Pour nous tous, d'ailleurs. Nous revenions de l'école, et elle était assise là, avec mam, à la table de la cuisine, sa valise à côté d'elle. Elle a serré Barry si fort dans ses bras, et si longtemps, que j'ai cru que les yeux de Barry allaient sortir de leurs orbites. Elle lui pinçait les joues aussi, ce qui n'avait pas du tout l'air de plaire à son fils. Elle a beaucoup de poudre sur la figure, et du rouge à lèvres écarlate, que Barry essuie toujours sur son visage quand elle l'a embrassé, c'est-à-dire très souvent. Et ses sourcils sont dessinés au crayon, ce ne sont pas des vrais, exactement comme ceux de Marlène Dietrich au cinéma, selon mam.

Barry n'a pas dit grand-chose depuis qu'elle est là, les autres non plus, d'ailleurs. Impossible de glisser un mot. Sa mère n'arrête pas de parler. « Elle est tellement bavarde qu'elle arriverait à assommer un âne rien qu'en jacassant. » Ce sont les mots de grand-père. Et elle n'arrête pas de fumer, en plus « comme une de ces fichues cheminées » – toujours d'après grand-père. Mais Ivy est sympathique. Je l'aime bien. Elle est venue avec des cadeaux pour tout le monde et nous a répété que nous étions vraiment gentils de nous occuper de Barry. Pendant tout le dîner, elle n'a pas arrêté de nous raconter des histoires sur les bombardements de Londres, sur les sirènes, la course aux abris, les nuits passées à dormir dans les stations de métro. Elle parle avec un accent « de la ville », exactement comme Barry, mais beaucoup plus fort et beaucoup plus longtemps. Elle est très fière de son gros bus rouge londonien.

– Je vais vous dire une chose, y a rien qui pourrait empêcher mon 74 d'aller où y doit aller, a-t-elle dit ce soir. Les trous dans la rue, les ponts écroulés, les maisons en ruine. Ils peuvent envoyer tous leurs machins qui explosent, qu'est-ce qu'y croient ? Que ça va empêcher mon bus d'aller là où y doit aller ? Ah ben ça, sûrement pas, j'peux vous le dire.

Barry essaie d'arrêter son bavardage de temps en temps, mais ça ne sert à rien. Il finit par sortir, en la laissant continuer. Il passe encore plus de temps qu'avant dans la ferme avec grand-père et oncle George. La mère de Barry ne se gêne pas pour le dire : elle n'aime pas du tout la campagne, et surtout pas les fermes.

– Ça pue là-dedans. Toute cette boue ! Toutes ces vaches ! Et ces fichus oiseaux qui vous réveillent le matin.

Hier, elle se lavait devant l'évier avec mam, après le dîner lorsque, tout d'un coup, elle a fondu en larmes.

– Qu'est-ce qu'il y a ? lui a demandé mam, en passant son bras autour de ses épaules.

– C'est toute cette verdure, a-t-elle répondu, en montrant la fenêtre. C'est vert partout. Et y a pas le moindre immeuble. C'est tellement vide ! J'ai horreur du vert. J'sais pas pourquoi, j'ai horreur de ça.

Elle ne sort presque pas, elle se contente de rester dans la cuisine à fumer et à boire du thé. Mam l'aime beaucoup, parce que c'est une compagnie agréable pour elle, et parce que la mère de Barry adore l'aider. Ivy est contente d'avoir quelque chose à faire, d'aller chercher des objets, de les transporter, de laver par terre, repasser et astiquer. Elle a passé la cuisinière de l'oncle George au graphite, il est donc ravi, lui aussi. Barry ne dit pas franchement qu'il préférerait qu'elle s'en aille, mais je sens bien que c'est ce qu'il pense. Je ne crois pas qu'il ait vraiment honte d'elle, mais on voit qu'il ne se sent pas très à l'aise quand elle est là. Il voudrait être à la maison avec elle à Londres, ou alors ici avec nous, mais pas les deux en même temps. En tout cas, c'est l'impression que j'ai.

Une bonne chose avec elle, c'est qu'elle taquine sans arrêt l'oncle George, ce que personne n'ose faire, en lui disant qu'il a des trous au coude de sa veste, et qu'il est habillé comme un as de pique. Elle l'a fait asseoir il y a deux jours et lui a coupé les cheveux. Elle a aussi raccommodé sa veste de laine. Et lorsque l'oncle George se met à ronchonner comme d'habitude, à répéter qu'il n'arrive plus à retrouver ses affaires ces temps-ci avec tous ces gens qui vivent là, et qu'avant notre arrivée il vivait en paix, dans le silence, elle lui éclate de rire au nez.

– Allons donc, lui a dit Ivy (elle prononçait plutôt « Aon don »), ils vous manqueront quand y seront rentrés chez eux, vous le savez bien, espèce de vieux râleur !

À notre grande surprise, oncle George n'a pas protesté. Il a réfléchi un instant, puis il a répondu :

– Peut-être bien, peut-être bien.

Et je crois qu'il le pensait vraiment.

Lundi 22 mai 1944

C'est l'anniversaire de Barry. Il a onze ans. Sa mère a apporté son gâteau d'anniversaire. Elle a mis de côté ses coupons de rationnement pendant des semaines et des semaines.

– J'ai fait un gâteau spécial, a-t-elle dit.

Et il était très spécial : un pain d'épice avec des fruits confits, de la pâte d'amandes, recouvert d'un somptueux glaçage avec le nom de Barry écrit en bleu à la douille. Barry a soufflé les bougies, puis il a fermé les yeux pour faire un vœu. Ivy avait les larmes aux yeux et essayait de ne pas pleurer. Je pense qu'ils souhaitaient tous les deux la même chose, qu'ils souhaitaient tous les deux l'impossible : que le père de Barry revienne.

Ivy me manquera quand elle partira demain. Je crois qu'elle nous manquera à tous. Elle nous met de bonne humeur. Elle éteint la radio crachotante d'oncle George pour qu'on puisse parler. Elle rit beaucoup et elle est franche. J'aime bien ça. Quand elle dit quelque chose, elle le pense toujours. J'aime bien les gens sincères – un peu comme Barry, en fait. Mais je préférerais qu'elle ne m'appelle pas « ma mignonne ».

Vendredi 26 mai 1944

Mam n'est pas bien du tout. Elle tousse beaucoup depuis plusieurs jours. Elle est très pâle. Le docteur est venu hier, et il a dit qu'elle devait rester couchée jusqu'à ce qu'elle arrête de tousser. Grand-père m'a permis de ne pas aller à l'école pendant un jour ou deux pour m'occuper d'elle, aider à la cuisine et au ménage. Barry voulait rester aussi pour aider, mais grand-père n'a pas voulu en entendre parler, et il l'a envoyé à l'école. Barry n'est pas très content. Il n'a pourtant pas de quoi se plaindre. Il manque souvent pour aider à la ferme, surtout à la période de l'agnelage.

Mam a reçu une lettre de papa, aujourd'hui, et ça lui a remonté le moral. Il dit qu'il est quelque part dans le Sud de l'Angleterre. Il ne peut pas préciser où. Mam pense qu'il participera au débarquement quand il aura lieu. Peut-être qu'il rencontrera Adie, comme nous l'avions souhaité. Elle garde toujours toutes ses lettres près de son lit, à côté de sa photo.

Cet après-midi, je suis allée me promener toute seule en haut de la colline. Les alouettes volaient si haut que je pouvais seulement les entendre, je n'arrivais pas à les voir. J'ai aperçu des buses, elles étaient deux, qui planaient au-dessus des arbres, en poussant une sorte de miaulement. À un moment, elles ont fait exactement le même bruit que Tips. Ensuite, j'ai regardé vers la mer, et j'ai vu des dizaines et des dizaines de navires dans la baie. Je n'en avais jamais vu autant. C'est l'intervention militaire. C'est sûrement ça. Ils ne sont quand même pas rassemblés là pour rien. J'ai remarqué autre chose encore, hier pendant que j'étais là-haut.

Ce n'était pas seulement les bruits de la campagne que j'entendais autour de moi. Il y avait toujours un ronronnement monotone. Au début, je n'arrivais pas à savoir ce que c'était. Et puis, j'ai compris. C'était le grondement des moteurs, des Jeep, des camions, des tanks. Le grondement de la guerre. Je suis restée au sommet de la colline, avec le vent qui me soufflait dans la figure, à respirer l'odeur de la mer. Je ne pouvais plus penser qu'à Adie. J'ai récité une prière à haute voix, puis j'ai crié dans le vent :

– S'il te plaît, mon Dieu, fais qu'il vienne me voir avant de partir à la guerre. S'il te plaît, mon Dieu, s'il te plaît !

Mardi 6 juin 1944

Nous l'avons entendu à la radio. Ils sont partis. L'opération militaire a commencé ce matin. Adie est parti. Papa aussi, probablement. Le jour J, ils appellent ça. J'ignore pourquoi. Nous savions tous que quelque chose se préparait avant de l'entendre à la radio. Dans la nuit, on entendait un gronde-

ment et un vrombissement au loin, venant de la mer. Par ma fenêtre, j'ai vu des éclairs tout le long de l'horizon, et j'ai compris qu'il ne s'agissait pas simplement d'un autre orage. Il devait y avoir des milliers de canons qui tiraient en même temps. Et quand nous avons traversé les champs en courant, Barry et moi, pour aller vers la mer, nous avons vu que tous les navires étaient partis. Nous n'avons donc pas été étonnés, ce soir, lorsqu'on a annoncé à la radio que nous avions débarqué sur les côtes françaises : Américains, Britanniques, Canadiens, Français, et d'autres encore. Oncle George a dit que nous allions leur montrer,

aux Allemands, maintenant. Mam et lui ont bu trop de cidre ensemble et ils ont dansé la gigue dans la cuisine pour fêter ça, avec le chien fou d'oncle George qui gambadait aussi, en aboyant à en faire exploser sa tête stupide. Au début, Barry et moi, nous sommes restés assis à les regarder. Tout le monde riait. Mam tousse encore quand elle rit, mais elle va beaucoup mieux. À la fin, nous nous sommes levés, et nous les avons rejoints. Nous avons dansé la conga tout autour de la table, jusqu'à ce qu'on soit tous à bout de souffle. Alors mam nous a donné, à Barry et à moi, deux bonbons à la menthe chacun et un peu de citronnade, pour fêter l'événement. Oncle George et mam ont bu un whisky et nous avons tous trinqué en faisant tinter nos verres.

– À la victoire ! s'est écrié oncle George.

Grand-père, qui trayait les vaches, est rentré plus tard, et mam lui a rapporté ce qu'on avait entendu à la radio. Il n'a rien dit, mais il est allé se laver les mains dans l'évier. Ensuite, il a simplement laissé tomber :

– Pauvres gars. Pauvres gars.

Quand mam est montée se coucher il y a quelques minutes, elle a dit qu'aujourd'hui, c'était le début de la fin de la guerre, que papa reviendrait bientôt, que nous pourrions rentrer dans notre ferme, et que tout serait de nouveau comme avant. Mais je ne crois pas que ça puisse être comme avant. Rien n'est jamais pareil, c'est vrai, non ? Les choses ne restent jamais telles qu'elles étaient, ça aussi c'est vrai, non ?

Pendant que j'écris, je n'arrive pas à penser à autre chose qu'à Adie, qui est peut-être couché ce soir sur une plage française, mort ou blessé. Et je ne le saurai jamais, personne ne me le dira, puisque personne ne saura jamais que nous nous connaissions. Je ferme les yeux en m'efforçant de me le représenter dans ma tête. J'essaie très fort de l'imaginer ni mort, ni blessé. J'essaie de le voir vivant, en train de me sourire. Quoi qu'il lui arrive, où qu'il soit, c'est comme ça que je me le rappellerai toujours.

Je sais que je devrais penser à mon père aussi, et je tâche de le faire. Je pense à eux deux, maintenant. Je prie pour eux, aussi.

C'est moi qui t'écris, maintenant, Boowie. Moi, ta grand-mère. J'ai rempli encore bien des pages de mon journal après ça, mais rien n'est très intéressant, sans compter que les souris en ont grignoté une partie quelques années plus tard, quand les cahiers ont été rangés dans une boîte au grenier – les souris ou les écureuils, je ne sais pas exactement. Il n'y a plus que deux passages que je voulais encore te montrer, parce qu'ils terminent toute cette histoire absolument incroyable, pour autant qu'elle soit terminée. Et si tu ne vois pas très bien ce que je veux dire, tu comprendras assez vite, mais pas avant d'avoir découvert tout mon récit. Le mystère s'épaissit… !

Jeudi 5 octobre 1944

C'est le jour de mon anniversaire, et celui où nous sommes rentrés à la maison. Cela aurait dû être le plus beau cadeau d'anniversaire que j'aie jamais reçu. J'avais hâte d'y être. Maintenant que ce jour est arrivé, je devrais être heureuse, et pourtant, je ne le suis pas. Cette maison n'est plus chez moi. C'est une coquille vide remplie de meubles, de caisses à thé partout, et c'est humide. Lorsque nous sommes arrivés, la porte d'entrée était sortie de ses gonds, ce qui permettait à n'importe qui d'entrer ou de sortir et, apparemment, des gens sont effectivement venus. C'est dans un état épouvantable. Il y a des moisissures noires au plafond, vertes dans certains endroits, et partout des feuilles et des oiseaux morts. Le papier peint est décollé au-dessus de la cheminée du salon, et une demi-douzaine de vitres sont cassées. La pluie entre à l'intérieur, et a fait pourrir l'appui de la fenêtre dans ma chambre. Dans celle de grand-père, le plafond s'est effondré dans un coin : il y a un trou dans le toit, là où les ardoises ont probablement été détruites par un obus.

Les gouttières sont pleines de feuilles et un conduit est tombé dans le jardin en écrasant la serre. D'ailleurs, on ne peut plus parler de jardin. On a du mal à apercevoir une fleur. L'herbe a tout recouvert. On ne voit même plus où étaient les plates-bandes et le potager. Le grenier doit avoir été pilonné, parce qu'il n'en reste que des décombres.

Nous avons fait un tour dans la cour de la ferme, Barry et moi. Partout des orties et des fleurs des champs qui nous arrivent à la taille. Mais le pire, c'est que tout est silencieux. Seul grand-père semble vraiment content d'être à la maison.

– Ne vous inquiétez pas, a-t-il dit ce soir, tandis que nous étions assis autour de la table, dans un silence maussade, demain, quand nous aurons ramené les bêtes, l'endroit redeviendra vivant, vous verrez. Nous allons arranger ça en vitesse. Ce sera impeccable en un rien de temps. Quelques poules dans la cour qui caquetteront assez fort pour que ce ne soit plus trop calme.

J'espère qu'il a raison. Au moins, j'ai retrouvé ma chambre, même si je n'en ai pas encore l'impression. Tout ce que j'ai pour l'instant, c'est mon lit, ma chaise et ma lampe. Ma chambre sent le moisi. Toute la maison sent le moisi.

P.-S. Je n'en reviens pas ! Je venais de finir d'écrire mon journal, et j'allais souffler la lampe, quand j'ai vu une inscription au crayon sur le mur près de la fenêtre. Voilà ce qui est écrit :

«10 JANVIER 1944. HARRY ET ADIE SONT VENUS ICI POUR CHERCHER TIPS. BIENVENUE CHEZ TOI LILY !»

Je n'arrête pas de lire et de relire ces mots. Je ne peux pas m'empêcher de pleurer et je ne sais pas si c'est de tristesse ou de joie. Les deux à la fois, je crois. Je ne le dirai à personne, en tout cas pas ce soir. C'est à moi que ces mots sont adressés, et cette nuit, je vais les garder pour moi. J'en parlerai aux autres demain matin. Je regarde l'inscription toutes les cinq minutes pour être sûre de ne pas avoir rêvé, pour me convaincre qu'elle est bien là.

Vendredi 6 octobre 1944

Grandiose ! Grandiose ! Je suis dans un état grandiose, parce que la meilleure chose qui pouvait m'arriver est arrivée, et qu'elle est arrivée au petit déjeuner.

Je me demandais où j'étais en me réveillant ce matin. La fenêtre n'était pas à sa place. J'étais couchée, essayant de tirer ça au clair, quand j'ai vu l'inscription sur le mur. Alors tout m'est revenu d'un coup. J'étais à la maison ! J'ai sauté à bas de mon lit et j'ai appelé tous les autres pour leur montrer le message que Harry et Adie avaient laissé. Bien sûr, je leur ai dit que je venais tout juste de le découvrir. Grand-père n'était pas là. Il était déjà allé traire les vaches chez l'oncle George. Pendant le petit déjeuner nous n'avons parlé que de l'inscription sur le mur, mais nous étions pressés parce que mam a dit qu'il fallait nous rendre chez l'oncle George aussi vite que possible, « à fond de train », selon son expression, pour aider à ramener les vaches à la maison après la traite.

Bref, nous étions en train de laver la vaisselle, quand la porte de derrière a paru s'ouvrir toute seule ; alors, miaulant et ronronnant à la fois, elle est arrivée, se faufilant sous la table, entre les pieds des chaises, la queue frémissant de plaisir. Tips ! Tips est vivante ! Tips est revenue d'entre les morts ! Nous nous sommes tous mis à pleurer. Même Barry, qui pourtant n'aime pas les chats. Je lui ai donné un peu de lait, et elle l'a lapé, léchant le bol jusqu'à ce qu'il soit étincelant. Elle est beaucoup plus maigre, et elle a une égratignure sur le museau, qu'elle n'avait pas avant. Mais c'est vraiment Tips, ma Tips, avec ses yeux verts, une patte blanche et toutes ses taches noires là où il faut. Elle a la même façon de ronronner, aussi.

Mam a dit que je n'étais pas obligée d'aller chercher les vaches avec eux, que grand-père, Barry et elle se débrouilleraient sans moi. Aujourd'hui, j'ai donc passé mon temps à câliner Tips. J'ai joué avec elle, je lui ai donné à manger, et je l'ai de nouveau câlinée. Je crois que je lui ai rendu dix mois de caresses en un seul jour. Elle est revenue à la maison, exactement comme Adie l'avait dit. J'ai regardé dans mon journal, pour en être sûre. Voici ses mots précis : « Elle reviendra. Ce chat s'en sort toujours, aussi sûr que je m'appelle Adolphus T. Madison. » Alors, j'ai décidé qu'à partir de maintenant, elle s'appellerait Adolphus Tips. Je lui ai demandé son avis d'abord, bien entendu, et elle a ronronné. Je sais donc que ça lui plaît. En fait, elle ronronne continuellement depuis qu'elle est revenue ! Je pense qu'elle est contente parce qu'elle a un nom qui lui donne de l'importance. Je n'arrête pas de le répéter, pour m'y habituer, et pour qu'elle s'y habitue, elle aussi. Adolphus Tips. Adolphus Tips. Chaque fois que je le prononce à haute voix, ça me fait rire, parce que c'est drôle à dire, et parce qu'à chaque fois, je pense à Adie.

Je viens de toucher l'inscription sur le mur avant d'éteindre la lampe. Je le ferai tous les soirs pour lui porter chance, là-bas, en France. Je prierai pour lui aussi, et peut-être qu'il reviendra comme l'a fait Tips, comme l'a fait Adolphus Tips.

Et maintenant, Boowie, plus de soixante ans plus tard, voici le début de la fin de l'histoire.

Adie n'est pas revenu. Mais j'ai pensé à lui presque tous les jours, et à Adolphus Tips aussi. Elle avait déjà un certain âge lorsque nous l'avons retrouvée, et elle a rapidement vieilli après son retour miraculeux. Je pense que la lutte qu'elle avait dû mener seule pour survivre, sans compter toutes ses portées de chatons, lui avait pris beaucoup de forces. Elle est morte tranquillement trois ans plus tard, et je l'ai enterrée dans le jardin.

Autour de nous, les gens sont rentrés progressivement dans leurs chaumières et dans leurs fermes. Comme tu peux l'imaginer, il y avait eu beaucoup de dégâts. Presque aucune maison n'était restée indemne, et un bon nombre d'entre elles étaient en ruine. Les fermes et leurs cours étaient envahies par les mauvaises herbes, infestées de rats, et les lapins pullulaient, des milliers de lapins. Nous en avons mangé un bon nombre en civet ! Pendant une période, c'était triste comme endroit mais, peu à peu, les choses se sont améliorées. Les maisons ont été réparées, les fermes nettoyées. L'église avait été bombardée aussi, un des murs avait été soufflé par une explosion, et on ne pouvait plus y aller. Je me rappelle la première fois que les cloches se sont mises à sonner de nouveau. C'était en 1945, pour célébrer la fin de la guerre.

Cette même année, papa est rentré à la maison, et l'école du village a rouvert. Et c'est aussi cette année-là que nous avons eu notre groupe électrogène. Mon père avait beaucoup travaillé sur les appareils électrogènes à l'armée, c'est donc lui qui l'a installé. Nous avons été l'une des premières maisons du village à avoir notre propre électricité. Papa en a toujours été très fier. Plus tard, c'est devenu son travail. Il a transformé une des granges en atelier, et il a fourni des appareils électrogènes à tout le pays, au monde entier. Nous nous sommes occupés de la ferme, mam, grand-père et moi, très contents de le faire tous les trois ensemble.

À la fin de la guerre, Barry est retourné à Londres, chez sa mère. Il m'a écrit pendant un moment, puis nous avons perdu le contact. L'un de nous n'a pas répondu, je ne sais plus lequel. Mais il est revenu nous voir quelques années plus tard. Il avait sa jeune épouse avec lui, il voulait qu'elle nous rencontre, et qu'elle voie la ferme, j'imagine. Je me rappelle que j'étais même un peu jalouse. Il avait gardé son sourire, était resté aussi doux et aussi gentil qu'avant. En prenant le thé, il nous a dit que son séjour avec nous pendant la guerre avait été le moment le plus heureux de son enfance. Il vit en Australie, maintenant, dans un endroit appelé Armidale, en Nouvelle-Galles du Sud. Il est devenu éleveur de moutons. Après la période qu'il a passée chez nous à la ferme, il n'a plus jamais voulu s'occuper d'autre chose que d'agriculture. Nous échangeons les photos de nos petits-enfants à Noël. J'espère lui rendre visite un jour. On verra.

Comme tu le sais, Boowie, Mme Blumfeld n'est jamais retournée en Hollande après la guerre, mais elle est restée dans notre village, comme institutrice. Tu es venu la voir une fois ou deux avec moi, tu te rappelles ? Elle repose au cimetière, à présent, non loin de grand-père, d'oncle George, de mes parents aussi, et maintenant de ton grand-père. Je garde leurs tombes aussi propres que possible, et je les garnis souvent de fleurs – perce-neige, primevères, jacinthes des bois, jonquilles, fuchsias – selon la saison, selon ce que je trouve dans le jardin. Parfois, nous l'avons fait ensemble, Boowie, n'est-ce pas ?

Il est temps d'aller au bout de mon histoire. C'était il y a trois ans environ. Tu venais de repartir chez toi, je m'en souviens, après avoir passé tes vacances chez ton grand-père et moi. Je faisais ma promenade habituelle sur la plage, devant l'endroit où se dressait autrefois le vieil hôtel, lorsque j'ai vu deux hommes au bord de l'eau, qui regardaient la mer. Je me rappelle avoir pensé que c'était étrange, parce que leur présence paraissait un peu insolite, ils n'étaient pas du tout habillés pour la plage. Comme tu le sais, sur ces galets, on entend quelqu'un venir de loin. Ils ont dû m'entendre, car ils se sont retournés tous les deux en même temps pour me voir. Ils étaient très grands, et ils étaient noirs. L'un d'eux semblait beaucoup plus vieux que l'autre. Il avait les cheveux blancs et portait un bouquet de fleurs. J'avais sans doute toujours su que ce moment viendrait car, dès que j'ai posé les yeux sur lui, j'ai compris qui il était. Ce n'est pas seulement mon regard qui me l'a dit. C'est mon cœur, aussi. Mais il ne m'a pas reconnue. Ils se sont retournés de nouveau, et je les ai vus disperser les fleurs dans la mer, en les jetant aussi loin que possible, c'est-à-dire pas très loin, de sorte que les vagues les ont bientôt rejetées sur la plage. Je savais que ces fleurs étaient pour Harry.

J'ai attendu un certain temps avant de m'approcher d'eux, ne voulant pas troubler ce moment.

– Adie ? l'ai-je appelé.

Il s'est tourné vers moi et m'a regardée. C'était lui ! C'était bien lui.

– Adolphus T. Madison, ai-je repris. T pour Thomas, soldat de 1re classe, armée américaine ?

Alors il a eu ce sourire que je n'avais pas oublié.

– Lily ? a-t-il murmuré.

Nous nous sommes pris la main, incapables de prononcer un autre mot.

Adie et son fils – il l'a appelé Harry – sont donc venus à la maison prendre le thé avec grand-père et moi. Entre les scones et les macarons, Adie et moi nous nous sommes raconté les histoires de nos vies – il y avait beaucoup de choses à dire, de temps à rattraper, comme tu peux l'imaginer. Nous avons passé un moment formidable, ce jour-là. Ton grand-père a aussitôt adopté Adie, parce qu'il lui parlait comme s'il n'était pas dans un fauteuil roulant, comme s'il n'était pas malade, et grand-père a toujours aimé ça, comme tu le sais. Pendant cette conversation, Harry m'a raconté qu'Adie avait désiré faire ce voyage toute sa vie, en souvenir de son vieil ami Harry, et pour rendre visite à la ferme où ils avaient été si bien accueillis, et où vivait Lily, la petite fille avec son chat. Harry avait grandi en entendant cette histoire. La femme d'Adie était morte à peu près un an auparavant, et il n'avait pas voulu laisser traîner ça plus longtemps.

– Alors nous avons décidé de faire nos valises et de venir directement, a raconté Adie. Dis-moi, tu te souviens du jour où nous sommes venus vous voir avec les hot dogs ?

Nous avons éclaté de rire en nous rappelant le Grand Festin de Hot Dogs, et le visage de Barry couvert de ketchup d'une oreille à l'autre. Je lui ai appris que Tips était finalement revenue à la maison, exactement comme il l'avait prévu, et que je l'avais rebaptisée Adolphus Tips. Il a répondu que ça le rendait « vraiment fier » d'entendre ça.

Ils nous ont quittés après le thé, et sont passés voir la ferme en repartant pour Londres. J'aurais bien aimé y aller avec eux, bien sûr, mais ton grand-père aurait été démoralisé si je l'avais laissé de nouveau seul après ma promenade quotidienne. Ensuite, nous nous sommes écrit, Adie et moi. Il a envoyé des fleurs à l'enterrement de ton grand-père, puis il m'a adressé une lettre dans laquelle il me disait que, si jamais j'avais envie de leur rendre visite à Atlanta, je serais plus que la bienvenue.

J'y suis donc allée, Boowie, et c'est là que je me trouve en ce moment, à Atlanta, en Amérique. Je crois que nous n'avons pas arrêté une minute de parler, Adie et moi, depuis le jour où je suis arrivée – nous avons beaucoup de temps à rattraper. Alors, quand Adie me l'a demandé il y a une semaine, je n'ai rien trouvé de plus naturel que de lui répondre oui. Nous nous sommes mariés mardi dernier. Mariée pour la deuxième fois, et avec mon amour d'enfance. L'église était pleine à craquer, et je suis sûre que tu n'as jamais entendu de ta vie des gens chanter aussi bien. Ils chantent avec une telle joie, ici, comme s'ils pensaient vraiment chaque mot, chaque note. Ainsi, maintenant, je suis Mme Madison, et dès que notre lune de miel sera finie, je ramène Adie à la maison avec moi pour vivre à Slapton. Nous passerons notre voyage de noces à New York – nous n'y sommes jamais allés ni l'un ni l'autre – puis nous prendrons l'avion jusqu'à Londres samedi soir. Nous arrivons à l'aéroport de Heathrow, terminal 4, à sept heures et demie. Je meurs d'envie que tu fasses sa connaissance, Boowie. Tu l'aimeras, je le sais. J'espère que les autres aussi. Sois à l'aéroport si tu peux.

J'y étais, bien sûr. Nous y étions tous : les oncles, les tantes, et toute la famille. Certains d'entre eux étaient encore troublés, tellement ils avaient été surpris par toute cette histoire, mais tout le monde était curieux, et moi encore plus que les autres. Nous les attendions donc à Heathrow, avec nos confettis – c'est moi qui en avais eu l'idée –, lorsqu'ils sont sortis de la douane.

Elle semblait si petite à côté de lui ! Ils se tenaient par la main et souriaient comme deux chats qui ont trouvé de la crème et se la partagent avec ravissement. Ensuite, j'ai serré la main d'Adie.

– *Hi,* a-t-il dit, avec un sourire éclatant du haut de sa grande taille. Je pense que tu dois être Boowie. Yep. Tu es exactement comme quelqu'un que j'ai connu y a un sacré bout de temps, sauf que t'es un garçon, pour sûr, et que t'as pas de nattes.

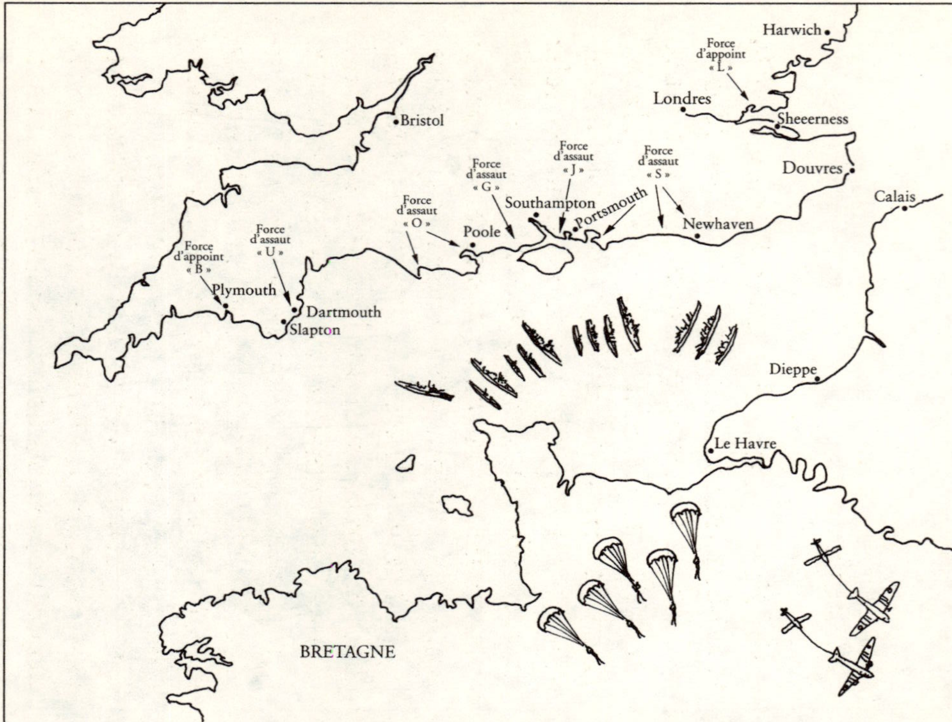
Harwich
Force d'appoint « L »
Londres
Sheeerness
Bristol
Douvres
Calais
Force d'assaut « G »
Force d'assaut « J »
Force d'assaut « S »
Force d'assaut « O »
Southampton
Portsmouth
Newhaven
Poole
Force d'assaut « U »
Force d'appoint « B »
Plymouth
Dartmouth
Slapton
Dieppe
Le Havre
BRETAGNE

Postface

En 1943, quatre ans après le début de la Seconde Guerre mondiale, les Alliés se préparaient à lancer une attaque sur la France occupée par les Allemands, afin de libérer enfin l'Europe de Hitler et des nazis. Une attaque par mer sur une aussi grande échelle n'avait jamais été tentée auparavant. Les soldats devaient s'entraîner, s'exercer, et avaient besoin des terrains nécessaires pour le faire.

Le Sud de l'Angleterre devint un immense camp militaire, tandis que les forces d'intervention se rassemblaient et se préparaient. De nombreuses zones côtières devaient être évacuées pour simuler des débarquements par mer, de sorte que les soldats soient prêts lorsque le moment de l'opération réelle viendrait.

Les environs de Slapton Sands dans le Devon furent vidés de leurs habitants, car la plage était semblable aux plages du débarquement en Normandie, de l'autre côté de la Manche. Trois mille habitants environ ne disposèrent que de quelques courtes semaines pour rassembler leurs affaires et déménager.

Bien entendu, ce bouleversement causa beaucoup de difficultés, d'épreuves, et les dégâts causés dans la région au cours des exercices de débarquement furent considérables. Il y eut aussi des pertes parmi les soldats, bien sûr, et à Slapton, c'est parmi les Américains que l'on déplora la plupart des victimes.

Au cours de l'opération *Tiger,* en avril 1944, des navires remplis de troupes américaines s'apprêtant à débarquer à Slapton furent surpris par des torpilleurs allemands dans la Manche, et coulés. Des centaines et des centaines de soldats américains se noyèrent. Cette tragédie fut délibérément gardée secrète pendant de nombreuses années.

Puis, au matin du 6 juin 1944, vint le jour J, comme on l'appelait, lorsque les Alliés débarquèrent sur les côtes françaises et combattirent sur les plages, puis à l'intérieur des terres, libérant les villes et les villages français à mesure de leur avancée. Après onze mois de durs combats, l'Allemagne capitula et la Seconde Guerre mondiale prit fin.

MICHAEL MORPURGO

L'AUTEUR

Né en Angleterre, Michael Morpurgo a écrit plus de quatre-vingt-dix livres, nouvelles, scénarios ou comédies musicales. Nombre de ces histoires ont été traduites dans le monde entier et couronnées de prix littéraires. En plus de son métier d'écrivain, il s'occupe avec sa femme, Clare, de l'exploitation d'une ferme, où ils accueillent chaque année des enfants de quartiers urbains défavorisés qui ne sont jamais allés à la campagne. Clare et Michael ont été décorés par la reine de l'ordre de l'Empire Britannique, en reconnaissance de leurs actions pour l'enfance. En Angleterre, il est l'un des auteurs préférés des enfants et a été nommé Children's Laureate 2003-2005. Il est, à ce titre, ambassadeur officiel de la littérature de jeunesse dans le monde. Aux éditions Gallimard Jeunesse, retrouvez les livres de Michael Morpurgo dans les collections Folio Cadet (*Le lion blanc*, *Le secret de Grand-père*...), Folio Junior (*Cool !*, *Anya*, *Tempête sur Shangri-La*...) et en format Hors série (*Le royaume de Kensuké*, *Soldat Peaceful*...).

MICHAEL FOREMAN

L'ILLUSTRATEUR

Michael Foreman est né en 1938 dans un village de pêcheurs du Suffolk, en Angleterre. En 1963, après des études d'art à la St Martin School of Art de Londres, il part finir ses études aux États-Unis, où il exerce différents métiers. Sa passion pour les voyages l'a conduit en Afrique, au Japon, dans l'Arctique, en Chine, en Sibérie, où il a collecté des idées pour ses livres. Il illustre aussi bien ses propres récits que ceux d'autres auteurs, considérant cette dernière activité comme « une autre sorte de voyage, tout aussi enrichissante ». Il a mis en images plusieurs dizaines d'ouvrages, de Shakespeare à Michael Morpurgo. Auteur et illustrateur pour la jeunesse de renommée internationale, il a reçu plusieurs prix littéraires et ses ouvrages sont traduits dans de nombreuses langues.

Découvrez les autres livres
de **Michael Morpurgo**
parus dans la collection FOLIO **JUNIOR**

CHEVAL DE GUERRE

n° 347

Été 1914. Dans la ferme de son père, en Angleterre, Albert grandit en compagnie de son cheval, Joey. En France, la petite Émilie joue dans un verger avec ses frères. En Allemagne, Friedrich travaille comme à l'accoutumée dans sa boucherie. Pendant ce temps, d'immenses armées se préparent à s'affronter dans le cauchemar de la guerre…

LE JOUR DES BALEINES

n° 599

Pour tous les habitants de Bryher, petite île au large de l'Angleterre, Zacharie Pétrel, surnommé l'Homme-Oiseau, est un vieux fou un peu sorcier. Pour tous, sauf pour deux enfants, qui deviennent ses amis et découvrent un vieil homme des plus inoffensifs qui vit seul, entouré d'animaux.

Le roi de la forêt des brumes

n° 777

Ashley Anderson vit en Chine où son père a fondé une mission et un hôpital. Sa mère est morte peu après sa naissance. Mais la guerre entre la Chine et le Japon fait rage et le jeune garçon doit fuir. En compagnie d'Oncle Sung, un moine tibétain, il entreprend un long et périlleux voyage qui doit les mener au Tibet, puis en Inde et, de là, en Angleterre. Alors qu'ils traversent l'Himalaya, Ashley perd la trace de son compagnon. Il rencontre alors une étonnante créature qui ressemble étrangement au légendaire yéti...

Robin des Bois

n° 864

Richard Cœur de Lion est parti en croisade et le prince Jean, son frère, assisté par le terrible shérif de Nottingham, règne en tyran sur l'Angleterre. Réfugiée dans la forêt de Sherwood, une bande de hors-la-loi défie leur autorité, dévalisant les riches qui se risquent à s'y aventurer. À leur tête se trouve Robin des Bois. Avec l'aide de frère Tuck, de Much, de Petit Jean et de la fidèle Marion, il s'est engagé, au nom du roi Richard, à rétablir la justice dans le pays.

LE ROI ARTHUR

n° 871

La légende des chevaliers de la Table ronde enflamme depuis des siècles l'imagination. C'est l'une des plus belles et des plus riches légendes de tous les temps. Michael Morpurgo a adapté à son tour le texte de Chrétien de Troyes : voici le captivant récit que fait le roi Arthur à un jeune garçon d'aujourd'hui.

LE TRÉSOR DES O'BRIEN

n° 942

1847. Cette année-là, en Irlande, un terrible fléau anéantit la récolte de pommes de terre, condamnant le peuple à la famine. Sean et Annie, les deux enfants survivants du clan O'Brien, n'ont qu'un seul espoir de salut : ils doivent partir retrouver leur père quelque part en Californie. Ils ne sont guère préparés pour un voyage aussi difficile. La cape écarlate d'un dragon de l'armée britannique et le torque d'or que leur a confié leur mère malade sont leurs seules possessions. Ils s'embarquent à bord d'un navire d'émigrants. Commence alors pour eux la plus incroyable des épopées.

Le naufrage du Zanzibar

n° 969

Les habitants de Bryher résisteront-ils longtemps aux tempêtes qui ravagent leur île ? Ne seront-ils pas obligés de la quitter un jour? Pourquoi Joseph Hannibal, le marin, inquiète-t-il tant Laura ? Reverra-t-elle son frère jumeau Billy, parti en mer il y a près d'un an ? Le journal intime, vrai et émouvant, d'une jeune fille du siècle dernier.

Monsieur Personne

n° 976

La guerre est terminée. Londres est en ruine. Mais la maison de Harry est intacte. Son père est mort pendant la guerre. Sa mère s'est remariée et attend un bébé. Le jeune garçon se sent abandonné. Mais un soir, dans un parc, il fait la connaissance d'un vieux clown et de sa guenon, Ocky. Cette rencontre va changer sa vie. Harry s'enfuit de chez lui avec Ocky et trouve refuge chez des romanichels...

Jeanne d'Arc

n° 1031

Chaque année, le 8 mai, la ville d'Orléans célèbre sa libération par Jeanne d'Arc en 1429, et une écolière incarne la Pucelle d'Orléans. La jeune Éloïse est prête à tout pour interpréter son idole. Cette adoration va jusqu'à lui faire entendre des voix qui lui retracent point par point la fabuleuse épopée de la petite paysanne. À plus de cinq siècles d'intervalle, l'adolescente d'aujourd'hui a bien des traits communs avec Jeanne qui, comme elle, avait dix-sept ans et confiait ses doutes et ses joies à un moineau apprivoisé.

Anya

n° 1064

En 1940, à Lescun, un petit village des Pyrénées, la guerre va bouleverser la paisible existence de Jo, jeune garçon d'une douzaine d'années, et le précipiter dans la dure réalité de la vie. Son village est occupé par les Allemands qui surveillent la frontière. Un jour, dans la montagne, le jeune berger découvre plusieurs enfants juifs cachés dans une ferme. Ils attendent le moment propice pour fuir en Espagne. N'écoutant que son courage, Jo décide de garder le secret et de tout faire pour les aider et les protéger…

Tempête sur Shangri-La

n° 1127

Cessie Stevens a douze ans et mène une vie sans histoire quand, un jour de pluie, un vieil homme inconnu frappe à la porte. Il s'agit de Pop, le grand-père que Cessie n'a jamais vu. Que son père n'a pas revu depuis qu'il était enfant. Le voici qui s'installe chez eux ! Pour Cessie, ce grand-père tombé du ciel est un merveilleux cadeau mais, pour son père à elle, c'est beaucoup plus difficile. Pour les douze ans de sa petite-fille, Pop lui offre la maquette d'un bateau, le *Lucie Alice*, qui semble lié à son étrange passé…

Cool !

n° 1331

Pour Robbie, dix ans, la vie est vraiment « cool » ! Jusqu'au jour où, victime d'un accident, il sombre dans le coma. Sur son lit d'hôpital, Robbie entend tout, mais il ne peut pas communiquer. Il vit dans sa tête et continue à espérer. Aidé par ses parents, ses amis et par Tracey, l'infirmière, porté par sa passion du football et son amour pour son chien, Robbie se bat pour se réveiller.

Mise en pages : Aubin Leray

Loi n° 49-956 du 16 juillet 1949
sur les publications destinées à la jeunesse
ISBN : 2-07-055091-5
N° d'édition: 148821
Dépôt légal: novembre 2006
Imprimé en Espagne par Novoprint (Barcelone)